チャーリーのひとりごと

Charlie's monologue

本岡英樹

Motooka Hideki

幻冬舎 MC

まえがき

R4.7.16

令和の時代は、つぶやきの時代である。つぶやきとは、ひとりごとから始まっている。私は、そう思っています。それが、SNSでアップされ、世間に広まってゆく。つぶやきが集まれば、時にエッセイになる。エッセイは、型にとらわれない自由な散文とあります。随筆とも呼びますよね。

時代をさかのぼれば、平安時代に清少納言が、「春は、あけぼのやうやう白くなりゆく山ぎは……」と『枕草子』を書いています。きっと彼女も、たくさんのひとりごとを持っていたのでしょうね。そもそも、枕草子とは、枕元に置いておくメモ帳という意味です。いつもメモ帳を持ち歩き、自分のアンテナに引っかかる印象深い出来事を、毎日メモしていたのではないかと憶測されます。そして、いつしか筆を執ったのでしょう。鎌倉時代には、吉田兼好が『徒然草』で、「つれづれなるままに、日暮らし、硯にむかひて……」、鴨長明が『方丈記』で、「行く川のながれは絶えずして、しかも本の水にあらず……」としたためています。それぞれの時代の人間の生き様と想いが、描かれているのでしょう。今、私たちは令和の時代を生き抜いています。

時は変われど、普遍的な生き様もあれば、時代に即した処世術もあります。

ひとりごとをまとめて、エッセイにする。しかし、エッセイには答えはない。私は、そう考えています。生き方本には、いつも答えがある。でも、答えにまでたどり着けない場合の方が多いんです。ただの自慢話と感じてしまう。私が書きたいのは、答えは読者が考える本です。つまり、「気づきとヒントの本」なんです。できることだけ、活用する本なんです。

私は、38年間高校の数学教師を務めて、この度退職しました。大勢の子どもたちとふれ合う中で、観る目を養ってきたと思っています。真剣に子どもたちと向き合う中で道を見失い、うつ病になったこともあるんです。そこから、どのように這い上がり、光を取り戻してきたか、この本を読まれたら、きっと分かります。悩める先生に、是非読んでいただきたい。学校の教科書だけを教えて、子どもたちが楽しいと思いますか。時には、雑学のお話も交えてみませんか。そして、子どもたちの恋愛相談にも乗ってあげましょう。もちろん、健康のお話にも詳しくあってほしい。そんな本をお届けいたします。

R3.7.23

歌うことで…？　会話が、上達する！

その1…**感情表現**が、豊かになる！

その2…**発声**が、ハキハキとする。

その3…**人間**に、丸みが出る！

●「小唄(こうた)は？」…三味線は、爪弾きである。

「端唄(はうた)は？」…三味線は、撥(ばち)を使う。

「端唄は？」…鼓や笛の鳴り物付きで唄われ、サラリとしている。

●「芸事は、10年経てば？」…違ってくるよね。

努力を重ねれば、成長するもの。**ご縁**に恵まれると、変わるもの。

●「目が肥えてくると？」…良いものが分かる。**FOCUS**を当てると？…**ダイヤモンド**が見える。

●「黒子役？」…裏方さん、縁の下の力持ちです。

R3.7.25

熾烈(しれつ)な競争は？…引き出しの多さで決まる！

●「既視感（デジャブ）？」…どこかで見たような気がする！　「未視感（ジャメブ）？」…いつもと同じなのに、

初めてのように感じる。

●「放鳩式とは？」…平和の象徴である鳩を、儀式などで放つこと。飼育されたレース鳩なので野鳥にはならずに、鳩舎に帰る。ちなみに伝書鳩は、飛翔能力と帰巣本能に優れている。

●「気になる女性に、近づく方法は？」…懐いちゃう♥ミラーリング？…同じものを頼んでもいいですか？　ふたりが、好きなものを見つける。あえて質問して、ベタ褒めする。

●「ビリヤードで魅せるなら？」…4つのショットをマスターしよう。

①ジャンプショット！

②マッセ…スピンをかけて、球を曲げる。

③キスショット？…的球を他のボールに当てて、的球を入れる！

④キャノンショット？…的球を入れると同時に、もう一個落とす。

●「移住先の人気ランキングは？」

①「カナダ」。②「日本」。③「スペイン」。カナダは治安良し、低い失業率、移住制度ありで、フレンドリーな国民性と美しい景色が人気です。

R3.7.26

モテる男は？…ボウリングが、上手！

●「助走は、4歩？」…右足から、スタート！（ボールを右胸にセット）。助走のリズムは？…タン・タ・タ・タン。２歩目から、スイング？…3歩目の右足で、手を後ろに大きく引く！ 4歩目で？…左足に、しっかりと体重を移す。

●「スイングは？」…振り子！
肩の力は？…入れてはいけない。

●「ボールの穴は？」…左右対称で、右利きも左利きも使える！　ボールの重さは？…体重の、1/10が目安である。

●「助走スペースは？」…アプローチと呼ぶ！
リリースドットは？…アプローチの床にある。

●「スパットは？」…レーン上の目印である（ファウルラインから、４m）。ストレートボールで、右から２番目のスパットを狙えば、１番ピンに当たる（ピンは18m先）。

●「ストレートボール？」…親指12時、中指と薬指６時。「フックボール？」…親指10時、親指が抜けたら中指と薬指で回転。フックボールは、ピンの手前で左に曲がり、ストライクが取りやすい！

〜〜〜〜〜〜〜〜〜〜〜〜〜〜〜〜〜〜〜〜〜〜〜〜 R3.7.28

俺にしかない歴史といえば？

…お前と生きたことだけ！

●「アーチェリー？」…的は、70m先！

●「スケボは？」…米西海岸発祥。
スケボのストリート？…街中を模したコース。
スケボのパーク？…湾曲面を組み合わせたコース。

●「天才が持っているもの？」
①集中力！②反骨心！③我を忘れる心。

●「サーフィンの大技、チューブ？」…波のトンネルをくぐり抜ける！カノア？…ハワイ語で、自由。

●「ガネーシャ？」…ヒンドゥー教の神（富を得る）。

●「自立とは？」…自分を指導できる新境地。みんな、上を向いている。１度立ち止まって、何が起きているか考えてほしい。

●「ROC（RUSではない）？」…ロシア五輪委員会であり、ドーピングの疑惑がない選手である。

●「渋沢栄一？」…高い志、信用、競争と協調、寛容と厳しさ。第一国立銀行の創始者であり、新一万円札の顔ですね。

R3.7.29

投資するなら？…俺は、自分に賭ける！

- 「大阪バッテリー？」…あんたが投げて、うちが受けるんや！　会話には、キャッチボールが必要ですね。
- 「習慣とは、恐ろしいもの？」…雨垂(あめだ)れ、石をも穿(うが)つ。
- 「非日常を楽しむ？」…グランピング（海外生まれのアウトドア）！
- 「貧血には？」…鉄分豊富な、ヒジキやアサリ。
  女性の貧血は、子宮筋腫の可能性もあります。
  「糖尿病には？」…キノコ、ナッツ、豚肉、カカオが良い（麦茶も良い）。
- 「多才なひとでも？」…２足のワラジは、履けない。プロとして、２つの仕事ができるでしょうか？
  生涯を通して、自己実現できる仕事を選びましょう。
- 「相続税は？」…最低、10％。
  「退職金は？」…2000万円まで、非課税である。
- 「年金は？」…基本65歳から受給される。厚生年金と国民年金の、両方が支給される。死亡したら？…3/4が、遺族年金として、妻に受給される。

R3.7.30

スランプになったら？

…休憩したらええんや！

●「世の中？」…ハッタリ7分、実力3分！
50年ほど、喧嘩で負けたことないんや！
実は？…１度も、していない。

●「ホームランを打ちたければ？」…素振りをやって、走るんや！　足腰の丈夫さと？…鋭い振りが必要。つまり、足場を固める。

●「見えない星って？」…どんな色だろう。
太陽系に最も近い恒星は、ケンタウルス座のプロキシマ・ケンタウリ。赤色だけど、肉眼では見えない。
夜空に見える赤い星は、さそり座のアンタレス、オリオン座のベテルギウス、火星の３つです。きっと、虹色の星もあるんだろうね。

●「夏の風物詩？」…浴衣姿に、うちわを持って夏祭り。

●「肝臓は？」…お酒で痛んだら、治せない。ほろ酔いになれば、お家帰って、早く寝ましょう！

●「反面教師って？」…つまりは、悪い見本ですよね。

R3.8.1

恐〜い注射？…それは、筋肉注射！

●「皮内注射？」…表皮と真皮の間、アトピーや気管支喘息！「皮下注射？」…皮膚と筋肉の間の脂肪に打つ、インフルエンザ予防！「静脈内注射？」…血管の中に直接、命に関わるとき、点滴など。「筋肉内注射？」…最も深い筋肉に、刺激の強い薬物。

●「SNSの誹謗中傷には？」…スクショ（スクリーンショット）。トンズラした奴を？…追いかけろ！（遁（とん）は逃げる、ずらはずらかる）。

●「たんこぶの中身は？」…血液とリンパ液。
「しゃっくりは？」…横隔膜が、けいれんを起こしたときに出る。「あくびは？」…眠いときだけでなく、緊張して疲れたときの酸素補給。

●「瞳の色は？」…メラニン色素（紫外線から瞳を守る）。太陽光の弱い地域では？…メラニン色素が少なく、青い瞳になる。

●「過呼吸って？」…実は、二酸化炭素の吐き出し過ぎなんです。ゆっくりと？…息を吐きだそう。

●「ツバメが低く飛ぶと？」…雨が降る。空気の湿度が高くなると？…エサの虫の羽が湿って重くなる！

R3.8.2

能楽には？…能と、狂言がある！

●「能？」…ミュージカルやオペラのような、歌舞台！
「狂言？」…庶民の日常を、コメディタッチで描いた喜劇。

●「狂言の主役は、シテ？」…相手役はアド。助演役はアイ。

●「大道芸？」…路上パフォーマンス！

●「太神楽（だいかぐら）？」…①獅子舞などの、舞！　②傘回しなどの、曲（曲芸）。

●「囃子（はやし）？」…四拍子（笛、大鼓（おおつづみ）、小鼓（こつづみ）、太鼓で、謡（うたい）や能をはやしたてる）。謡は、能の声楽にあたる部分。
①祭りで使われる、祭囃子。②寄席や落語では、寄席囃子。③長唄では、囃子。

●「講談？」…高座に置かれた釈台の前に座り、張り扇で叩く。軍記物や政談が中心で、上方では拍子木も使う。

●「色物？」…寄席でいう、落語や講談以外の芸。
漫才、漫談、手品、太神楽などをさす。芸種を赤文字で表記していたから、いろもの。

R3.8.2

子どもの疑問に？…四苦八苦！

●「血液型の違いは？」…赤血球についている、糖鎖の違い！　O型には、何もついていないから、最初は、0（ゼロ）型と言った。

●「目の下のクマには？」…２種類ある！
①青っぽいクマ？…寝不足や疲れで、黒いヘモグロビンが増える。
②茶色っぽいクマ？…紫外線などで、メラニン色素が皮膚に溜まる。

●「関節がポキポキ？」…関節の中の液体に、気泡が発生して破裂する！

●「赤い血？」…赤血球の中の、酸素を運ぶ働きのヘモグロビンが赤い！

●「トカゲのしっぽ？」…切れ目を自分で切って、食べてもらう。

●「カミナリ？」…入道雲と呼ばれる積乱雲（強い上昇気流）で発生する。上昇する小さな氷の粒と、落下する大きな氷の粒の摩擦で静電気を帯びる。積乱雲の上の方はプラス、下の方はマイナス、雲の中で放電が起こる。雲の下の方のマイナスの電気は、地球の内部から、プラスの電気を引く。上空から地上までの電圧が、1～10億ボルトになると、空気中でも放電。

●「炎の正体？」…ものが酸素とくっつくときに発生する熱と光。

「煙の正体？」…燃えている物質の、酸素とくっつかなかった部分。

R3.8.2

子どもの疑問に？…四苦八苦II！

●「消しゴムで消せる？」…鉛筆の芯は炭素の粒、消しゴムにひっつく！

●「アスファルトは石油？」…コンクリートは、小石とセメントと水！

●「オーロラ？」…太陽からやってくる太陽風、目に見えない小さな粒！　大気がある木星や土星でも、オーロラは発生している。

●「流れ星？」…地球に侵入した隕石が、高温の大気で燃え尽きる！

●「太陽のパワー？」…水素が核融合反応を起こして、エネルギーを生み出している。

●「土星の輪？」…たくさんの氷の粒と岩石でできている。

●「雪は白い？」…雪は、雲と同じように、小さな粒のために白く見える。
「雲も白い？」…液体の水は光を反射せず通過させるが、水滴は光を散乱。

●「電気？」…紀元前2600年頃、ギリシャの哲学者タレスが、磁石の研究から静電気に気づいた。
「電池？」…18世紀に、イタリアのガルバーニがきっかけ。1800年に、イタリアのボルタが電池を発明。

R3.8.3

本当は、名無しの権兵衛に？
…なりたかった

●「実は、名主だった？」…偉い人は、肩書で呼ばれる！

●「夜叉（やしゃ）？」…インド神話の鬼神、男のヤクシャ、女のヤクシー！

●「スパゲティを、お箸で食べたら？」…なぜか、美味しくない！

●「金メダル報奨金？」…日本500万。アメリカ400万。何と？…シンガポール8000万。台湾7800万。香港7000万。

●「私のこと、どれぐらい好き？」…バスタブ一杯位かな。

「私の、どこが好き？」…視線、目元、雰囲気、感性、声、字、仕草、手。
「私を、どこへ連れていくの？」…きっと、幸せに連れていく。

●「トランスジェンダー？」…身体の性と、自己の認識する性が一致しない。

●「グーチョキパーは？」…グーだと思ったら、チョン切れて、パーになる。　足じゃんけんは、揃えてグー、前後でチョキ、横に開いてパーだよね。

●「メラノサイト？」…表皮の基底層にあるメラニン生成細胞。強い紫外線を浴び続けると、メラニン色素が過剰に発生する。

●「**あ・い・し・て・る**」の意味は？…「大切にするよ」なんだ。ひらがなに色をつけて、いろんな想いを表現する。

●「泡沫（うたかた）？」…水面に浮かぶ泡、はかなく消えやすいもの。
「現（うつつ）？」…この世に存在しているもの、正常な意識。

R3.8.5

幻のトライアングル？

…きっと、虹色の橋が架かる！

●「トライアングルは？」…英語で、三角形！

ふたりだけの、キャッチボールではない！　３つのキャッチボール。だから、虹色の橋が架かる。選手と監督と、サポーターの関係です。

●「スケボの荒技？」…①フリップインディ。②スミストール。③540、ファイブフォーティー。ジャンプ系は、オーリー！　回転系は、フリップ！

●「スポーツクライミング？」…３つの基本種目がある。①スピード。②ボルダリング。③リード。

●「チキータ？」…卓球のバックハンドで、強烈な横回転をかけるもの。バックフリックは、短いボールを、バックで返球すること。

●「インカのめざめ？」…ジャガイモの産地、北海道の貴重種。アンデスの高級ジャガイモ、ソラナムフレファを日本向けに改良。鮮やかな黄色で、糖度６～８度と高く、サツマイモのような食感。

R3.8.8

VSは、将棋用語？

…２者による、１対１の練習対局！

●「ムチミ？」…空手の形、粘りのあるムチのようなしなやかさ！　剛に、柔を加える（空手の発祥は、沖縄）。

●「バズる？」…インターネット上で話題になり、多くの人の関心を得る。鬼ヤバ？　ハンパない？　ゴン攻め？　ビタビタに、はまっている！

●「くるりんぱ？」…実は、髪型だけじゃないよ。
「新体操の技？」…①ランドセル。②クルリンパ。③ミルフィーユ。

●「IQの高い子ども？」…①本を読む。②音楽を聴く。③好奇心旺盛。④自由に育っている（のびのび学習）。

●「会話上手？」…①相手を見て会話を選ぶ。②面白いエピソードを選ぶ。③相手にも、喋らせる（キャッチボールですよね）。

●「日本人は、実は会話が苦手？」…さて、なぜでしょう？
日本の教育が、暗記と計算に重きを置いているから。

R3.8.10

亡命って？
…政治的な理由で、他国に逃れること！

●「名主と地主？」…どこが、違うの？
どちらも、土地（田畑）の所有権を持つ者。名主には、村役人・町役人という意味もあるんだ（西日本では、庄屋）。

●「お酒は、何で割るの？」…間違えたらあかん。酒は、女で割るものや。

●「アカツキ５？」…バスケットボール日本代表チーム。

●「シンクロ？」…アーティスティックスイミングに名称変更。代表メンバーは、マーメイドジャパン。

●「彼女の顔しているね？」…明日を見つめる強いまなざしと穏やかな笑顔。

●「歯の黄ばみの原因？」…ステイン。

●「我が人生は、成功や失敗の繰り返し？」
頑張った失敗なら？…誰も、恨んでいないよ。

●「沈黙が、金メダル？」…雄弁が、銀メダル。
頭が、こんがら？…ガラガラへび〜。

〰〰〰〰〰〰〰〰〰〰〰〰〰〰〰〰〰〰〰〰〰 R3.8.11

幸せって？…死合わせ？

●「一緒に、死ぬのではなく？」…墓場まで、一緒ってこと！　契(ちぎ)りを交わすとは？…そういう意味がある！
裏切られたら？…骨から、泣きたくなるものです。

●「プールの水、一週間止め忘れた？」…270万円！

●「メンマ？」…タケノコを乳酸発酵。
中国や台湾のマチク（麻竹）？…だから、支那竹(しなちく)。ラーメンの上にマチク？…よって、メンマ。

●「後(おく)れ毛？」…襟足に残った短い髪。
後れ毛の基本は？…耳の前に２束、後ろに２束。
その２つずつの？…下のラインを揃える。

●「触覚(しょっかく)は外巻きで？」…横顔を、綺麗に見せる。
風が吹く度に、フワッと揺れて、可愛いですよ。

●「ピクトグラム？」…絵文字（視覚信号）。

〰〰〰〰〰〰〰〰〰〰〰〰〰〰〰〰〰〰〰〰 R3.8.13

大雨特別警報？
…これは、ただの警報ではない！

●「レベル５の？」…緊急安全確保につながる！
移動が禁止される状況である。

●「モリンガ？」…奇跡の木と呼ばれ、インド伝統医学において、300もの病気を予防するといわれている。

●「博多とよみつひめ？」…糖度が高く、皮ごと食べられるイチジク。

●「閻魔(えんま)王？」…あの世を司る、10人の王のひとり。ヤマ（Yama）という、古代インドの神であり、下には冥官(みょうかん)という冥途(めいど)の役人や、獄卒(ごくそつ)という地獄の使者がいる。

●「難民？」…帰国すれば迫害を受ける恐れがあると、出入国在留管理庁が認定したひと。

●「踊るお化け？」…オーストラリアの国立科学研究機関CSIROのASKAP電波望遠鏡で、約10億光年離れた深宇宙に発見された。

●「ピラニアより獰猛な？」…バイオレット・カンディル。「血を栄養にする？」…ナミチスイ・コウモリ。

R3.8.13

嘘をつくと？…鼻が伸びるよ！

●「キックボード？」…田舎では、見ないね！

●「感心としっくり？」…これは、日常の中に隠されている！

●「フライ？」…パン粉を使用。「フリット？」…メレンゲを使用（卵白を泡立てたもの）。

●「自分を追い込んだら？」…何かが、見えてくる。ひとの良さが見えたら一人前です。猿は見たらあかん！…襲ってくる。

●「クラウン（**王冠**）には？」…①ティアラ。②リース。③コロネット。④ミトラ。⑤ダイアデム（５種類ある）。

●「少年に、夢を与えた者が？」…**ロマンチスト！**「彼女のハートを奪った者が？」…**プレイボーイ**。

●「マリオネットとは？」…人形劇の、操り人形（糸で操るもの）。

●「くじけそうに思う？」…いや、**仲間**がいる。
「自分が、**エース？**」…他に、誰がいる。

R3.8.15

日本は、終戦記念日？

…アメリカは、独立記念日！

●「みんな、そこから？」…這(は)い上がってきた！
日本人の持ち味は？…根気強さと集中力！

●「有名ビールの産地？」…①アメリカのセントルイス。②オランダ。③デンマーク。④ベルギー。⑤中国。⑥タイ。

●「血圧上昇？」…①血液量が増加。②血管が狭くなる。冬になると？…寒さで血管が収縮して、もっと血圧が上昇する。鰯(いわし)のサーデンペプチドが良い。夏は水分不足で、血液がドロドロになる。

●「Bar（バー）？」…バーテンダーがいて、お酒をメインに楽しむところ。「Bar（バル）？　（スペイン語）」…ふらっと寄る、洋風居酒屋。

●「パチンコは、連チャンですよね？」…増える喜び、減る悲劇！

●「お医者に通うことは？」…恥ではない。
「お薬を飲むことも？」…悪いことではない。
自分とお付き合いすることだと、思えばいいんです。

R3.8.16

お盆は？…8/13～8/16日の4日間！

●「お盆にはクモやカエルを、よく見かけますよね？」
そうか！　ご先祖様が帰ってきてたんやね！ご先祖様はきっとこう思っている。元気で、やってるか！って。
●「お店の接客？」…ちゃんと、できていますか？
それは、上に立つ者の**人徳**で決まる！
居心地？…それが、一番大事！
●「今の自分は？」…好調なのか？
絶好調は？…**ZONE（ゾーン）に入る**と言う。
一生、スランプのひともいるらしいね。
●「日本は、**お辞儀（じぎ）文化？**」…狭い島国で、周りに気を使って生きている。だから、A型が多いんですよね。
●「目は口ほどに、ものを言う？」
魚の目のように、目が死んでは終わりである。
眼力？…すべては、**目で決まる**！

R3.8.17

100点満点なのは？…味わい！

●「知りたいと、思わないひと？」…実は、その方が多い！知らずに生きて、知らずに死んでゆく。そんなの、絶対に嫌！　できれば人生を、3周してみたい。

●「十月十日（とつきとおか）？」…最終月経の初日から、280日目、40週が出産予定日である。

●「喧嘩は、手を出したら負け？」…目で、勝負する。

●「ゴルフのパーは、72？」…ときに、71がある。

●「焼き鳥の、せせり？」…首の後ろの肉である。

●「アボカド？」…メキシコ原産（和名は、ワニナシ）。ワサビと醤油で、イケる（マヨネーズもいい）。

●「ライチ？」…レイシの果実（中国原産）。

●「恋の灯（ひ）は？」…パッと、消えることがある。まるで風船みたいに、飛んでいく。誰も、呼び戻すことはできない。

●「また会う約束を、することもなく？」
じゃあ、またねと別れるときの君がいい。
糸がつながっていれば、約束はいらないんだね。

R3.8.21

因果関係は？…原因と結果！

●「相関関係は？」…別々のことに、関連性があるということ！

●「琵琶湖のビワマス？」…刺身にして、臭みがない。美味。川に行かないコアユは？…天ぷらがうまい！

●「スニーカーの洗い方？」…紐なしコンバース編！
ゴム部分は？…メラミンでこする。
布部分は？…石けんとブラシでこする。

●「ブルースのBLUE？」…青ではなく、憂鬱（ゆううつ）。
ブルーは、終わり？…ロマンは、始まり。
ロマンが、2つで？…ロマンスになる！

●「誰の歌にも？」…命と同じ重さがある。

●「Σ（シグマ）は？」…ギリシャ文字のSで、合計のSUM。

●「人類と疫病の、戦いが続いている？」…コロナワクチンの接種が始まった。14世紀のヨーロッパでは、黒死病でヨーロッパの人口の1/3が命を落とした。
ネズミのノミが原因の腺ペストであり、6世紀にローマ帝国で2500万人の命を奪ったものと同じであった。
現代医学を信じて、戦っていきたい！

R3.8.24

左足は、アクセル？…右足は、ブレーキ！

●「走り幅跳びの、蹴り足は？」…左足が良い！（前に、身体を飛ばす)。「走り高跳びの、蹴り足は？」…右足が良い！（上に、身体を上げる)。「砲丸投げも？」…右足で止まって、ボールだけ飛ばす。

●「イチゴ煮？」…青森県八戸市の、ウニとアワビの吸い物。ウニの卵巣が、イチゴのように赤く見える。

●「ヒポクラテスの三日月？」…パンダの耳！（小学生の算数問題)。

●「スズキは出世魚？」…①幼魚は、コッパ。②1～2年、セイゴ。③2～3年、フッコ。④4～5年、スズキ。ヒラマサは、出世魚ではありません。

●「緊張した時の、ひとつの解決法？」
自分より、緊張しているひとを探せ！

●「フェンシング？」…①フルーレ。②エペ。③サーブル。フルーレとエペは、突きのみで、サーブルは、切ると突き。攻撃の部位がすべて異なり、剣の種類も全部違う。

●「シュールの意味？」…現実を超えた。(何それ)！
ひとに対しては、ほめ言葉にはならない。
「シャバい？」…冴えないってことですね。

R3.8.25

家族の、幸せそうな顔？

…これが、何よりも大切！

●「れんこんの縦切り？」…この方が、シャキシャキ！
「ブドウは、実だけで保存？」…ピンと、張っている！
「なしの、斑点？」…少ない方が、甘い。

●「あなたは、４つのタイプの人間を知っていますか？」
①変わりたいけど、変えられない自分を持っている。
②似合ってるかな？…自分らしさを、持っている。
③気ままに行動する？…でも、こだわりはある。
④正しいのかな？…信念で、生きている。
必ず、どれかに当てはまるはず！（血液型の、特性）。

●「女性を、綺麗にする秘訣？」…今、綺麗だと伝えればいい。「男を、格好良くする秘訣？」…今、素敵だと伝えればいい。

●「国民体育大会？」…２年連続、中止決定。

●「ハッブル宇宙望遠鏡が？」…天の川銀河の、16万光年先にある大マゼラン雲にある、宝石のようなNGC2164という星団を撮影した！

●「アメリカ航空宇宙局（NASA）のグレートオブザバトリー計画？」…ハッブルを含む、４基の宇宙望遠鏡群を

2000年前後に打ち上げている！

R3.8.26

暑い夏は？…メンがいいねえ！

●「梨は、成長すると？」…斑点が減り、甘くなる！
「桃は、成長すると？」…白い斑点（果点）が増えて、甘くなる！　日本最大の、桃の特産地？…なぜか、山梨県（梨は、千葉県）。①夢しずく。②夏かんろ。③シャトーブリアン桃（1個7500円）。

●「アールグレイ？」…ベルガモットで香りをつけた紅茶（フレーバーテイー）。

●「ヘッドバンギング？」…ライブで、頭を上下に激しく振る動作！

●「賭け事と秘め事のお話は？」…タブー（taboo）、（得はない）。タブーは、ポリネシア語が語源で、決まり事という意味であった。

●「セカンドオピニオン？」…主治医以外の、第2の意見（医療用語）。

●「ハナジカ（梅花鹿）？」…台湾の絶滅危惧種、今朝、民家から発見。

●「努力は、才能を上回る？」…みんな同じ、人間だから！

自信とは？…あるものではなく、持つものである。だが、記録を伸ばし賞を取ると、ひとは変わってしまう！

●「勝利をつかむストーリー？」

①優勢。⇒　②勝勢。⇒　③勝利！

指導者は、おおらかに見守るべきである。

〜〜 R3.8.28

奇天烈（きてれつ）とは？…非常に、不思議な事！

●「手応えを感じる？」…自信が、確信に変わる瞬間！

手のひらで感じるから、手応えなんだ！（ガッツポーズ）！

●「あれは、何年前だったかな？」…楽しかったことは、**遠い昔**に感じる！　あのひと、最近見ないね？…それぞれの、訳がある！

●「精神的支柱？」…絶対的な、存在である。

ひとり立ちするには？…**こころ**と**技**を盗まねばならない。

●「ドドンパ？」…1960年代に日本で流行した特有のリズム・パターン。「ローラーコースターとは？」…遊園地の絶叫マシン（スリル・ライド）。

日本では、ジェットコースターと呼ばれることが多い。

●「マイスター？」…ドイツ語圏の、高等職業能力資格認定制度。

●「プチプチ？」…53年ぶりに４角に進化。

手で切れるので、名前もスパスパ（もちろん、潰して遊べる）。

●「マヨネーズのチューブ？」…３つ穴が登場。

便利さより、楽しいから。

自分を高めること、それは、いつも前を向くことである。

R3.8.31

お風呂の温度は？…何度（℃）がいいの？

●「基礎体温が、36℃なら？」…38 ～ 39℃が、ぬるめ！（+2 ～ 3℃）。41 ～ 42℃が、熱め！（+5 ～ 6℃）。銭湯絵師は、現在日本に３人いる。

●「流行りのソロキャンプ？」…寝袋（シュラフ）は、封筒型とマミー型。LEDタイプのランタン。シングルバーナーがいい。クッカーの素材は？…①アルミ。②チタン。③ステンレス。ファイアースターター、メスティン、スキレット！（チェックしてね）。

●「黄金比は、約5：8 ？」…名刺の長方形の比である！（モナリザの顔も）。

●「アポストロフィーの意味？」…①短縮、o'clockは、

of the clock。②所有格、my father's chair（父の椅子）。③特殊な複数形、80'sなど。

●「抗がん剤？」…保険適用でも、１粒2800円、年間90万円です。

●「お母さんの知恵袋？」…①切れない包丁は、アルミホイルを切る。②干ししいたけを戻すとき？…器に水をたっぷり入れて、しいたけを入れてフタをして、冷蔵庫に１日！③大根を、茹でるとき？…お米の、とぎ汁を使う。

R3.8.31

突飛な発想は？…不要なんです！

●「始まりの終わりは？」…実は、終わりの始まり！
人生は、ネバーエンディングストーリー！

●「ハロー効果？」…haloは、天使のリング。
「Hallowe'enは？」…Hallow（聖者）のEve。
11/1日が**聖者の日**、10/31日は**イヴ**なのさ。

●「赤ちゃんが、自分が愛されていると感じるのは？」
親に７秒以上触られたとき（タッチ・フォー・ヘルス）。

●「冷やし忘れたビールは？」…濡れたタオルで巻いて、扇風機に当てる。

●「少々？」…親指と人差し指の、２本の指でつまんだ量。

「ひとつまみ？」…親指、人差し指、中指の3本の指でつまんだ量。

- 「あら熱を取る？」…手で触れるくらいまで、熱が取れること。
- 「こんにゃくは？」…手でちぎった方が、味が浸み込みやすい。
- 「男は、何のために生まれてきたのか？」
  そりゃ、女をしあわせにするためでしょ！
  世の中の男子諸君、頑張ってくれたまえ！

R3.9.6

雲の種類は？…10種類！

- 「十種雲形？」…①巻雲：上層雲のすじぐも。②巻積雲：上層雲のうろこ雲といわし雲。③巻層雲：上層雲の薄雲。④高積雲：中層雲のひつじ雲。⑤高層雲：中層雲のおぼろ雲。⑥乱層雲：中層雲の雨雲。⑦層積雲：下層雲のうねぐもと曇り雲。⑧層雲：下層雲の、霧雲。⑨積雲：下層雲の綿雲。⑩積乱雲：最も低い入道雲。
- 「春と秋は、大陸からの移動性高気圧が来る」。水蒸気が少ないので、雲の位置が高くなる。だから、空が高く見える。夏は、南から太平洋高気圧が来る。雲は低い。

●「天高く、馬肥ゆる秋？」…よく食べて馬も準備万端で、出陣のとき！

●「女心と、秋の空？」…秋の天候は、安定しているはずなのに？　実は、飽きっぽいという意味なんですね。男心も同じですよね。

R3.9.8

不安定そうで？…実は、steady ！

●「梃子(てこ)でも動かない？」…好きな男の子から離れない！「エンコ？」…幼児が、駄々をこねて動かなくなる（縁側に腰かけ)。自動車が故障して、動かなくなる（エンジンの故障)。

●「ギリギリになってから仕事を始める人は？」…忙しそうに見える。それは、バタバタしているだけ。

●「マルチ商法？」…勧誘すれば、マージンを得られる連鎖商法！

●「チートコード？」…裏技のような操作を可能にするもの！

●「同じことを言うと？」…女性に、飽きられる。「夢を持たないと？」…女性に、諦められる。「当たり前のことができないと？」…女性に、愛想を尽かされる。

●「お主（ぬし）も、悪よのう？」…悪が強くないと、盛り上がらない。

●「一方通行は、ダメ？」！…機関銃じゃないんだから。私にも喋らせて！

●「グラノーラ？」…流行りのスイーツ。シリアル食品の一種。元来、グラハム粉を使用していた。

R3.9.9

ケーキは？…別腹ですよね。

●「うなぎ料理の３つの秘術？」…①開き！②串打ち！③焼き！

●「ミルクティー？」…すい臓の検査が、見えやすくなる？１番発見しにくい膵臓がんの発見に、光が差すかも。

●「マリトッツオ？」…パンにクリームを惜しみなく挟（はさ）んだスイーツ。イタリア発祥である。

●「秋の夜長？」…空気が澄んで、お月さんが綺麗。
令和3年は、本当に月が綺麗だったな。

●「成功の秘訣？」…①チームで、目標を立てる。②ゴールから、逆算する。③周りを、巻き込む（運命共同体がある）。

●「サメの弱点は？」…鼻の頭を叩くと、嫌がるらしい！

●「雪崩に巻き込まれたら？」…バタフライで表面に出よう！

●「災害で、救出を待てるタイムリミットは？」…72時間といわれている。

●「博多おくんち、長崎くんち、唐津くんち？」…九州北部の秋祭り。最初は、９月９日に行われていた。だから、くんち。

〰〰〰〰〰〰〰〰〰〰〰〰〰〰〰〰〰〰〰〰〰〰 R3.9.10

女性の嗅覚は？…男の、1.5倍！

●「香水より？」…**モテシャン**で攻める！　匂いだけが？…**オンナの本能**を、呼び覚ますものである。

●「彼女を笑わせる、早口言葉？」…君といると、肩叩き機に肩叩かれてるみたいに、暖かくなるんだ！
これは、腹から笑えました。

●「男の活力の源は？」…一酸化窒素だって！

●「アンニュイ（フランス語）？」…物憂(ものう)げなさま。退屈なのか、憂鬱(ゆううつ)なのか？…**神秘的**という意味もある。メランコリーはドイツ語で、憂鬱。うつ病の古語である。

●「40％以上の男性が？」…女性から、告白されたことがないらしい。逆に、男性に告白したことがない女性は？…何と、55％！

●「ちょい悪に惹かれてしまう？」…実は、真面目な女の子。「美魔女に惹かれる？」…堅物の、ストイックな男の子。

●「心に灯が点る？」…**捨て難い。**
風船が、膨らんで？…**離したくない！**
切なくなる？…これが、**愛のカタチ。**
俺の手を、離すな！

R3.9.11

プロポーズの言葉を？…3つ用意しておこう！

●「かぼちゃの馬車に乗って？」…雲の上まで、昇っていこうね！　アンデルセン物語じゃないんだから？…ダサいよね。

●「俺たちって、喧嘩ばかりしてるけど…？」
これからも、ずっと一緒にいてくれないか？
これって、🐜（アリ）だよね！

●「一目会った、その日から？…決めていたことがある？」
…お前を、死ぬまで離さない！
彼女を包み込む、オーラが必要。

●「🚹（オトコ）なら？」…決めてあげなきゃ！
オンナは？…その日を、待っている。

●「男の引き出し？」…どれを使うか？
名場面？…状況を見る。あとは？…タイミングだけ！
●「口元の、微笑み？」…スマイルは、未来への道標。
照れくさい？…これが、本音の証。
ユーモア？…これが、信頼感。

〜〜〜〜〜〜〜〜〜〜〜〜〜〜〜〜〜〜〜〜 R3.9.15

中秋の名月は？…9月21日！

●「十五夜は？」…単に、満月をさす場合もある。
旧暦８月15日？…中国では中秋節と言い、月餅を食べる。
●「言霊？」…言葉に内在する霊力。
●「ワクチン接種率？」…１回目63％、２回目50％。
●「天然石の秘密？」…①アズライト？…絵の具の、青の原料。②黒曜石？…火山岩の一種、石器時代に刃物に使用。③カンラン石？…鉄の中にあり、光を通す。④天青石？…ブラックライト、蛍光鉱物。⑤ベニト石？…光の分散率が、ダイヤモンドより高い。
●「テストステロン？」…男性ホルモンの代表、男らしさ。「ドーパミン？」…中枢神経系の神経伝達物質、アドレナリンの前駆体。「アドレナリン？」…副腎髄質より分泌されるホルモン（闘争か逃走）。

R3.9.16

遊星より？…愛を込めて！

●「りんごの声を、聴きなさい？」
熟しているかを見極める。声と表情？…熱を感じる。

●「女性から、信頼を得る秘訣？」…最後まで、話を聴いている。間接照明とカウンター席が最適。相談の答えは、必要ではない。手をつないでリードする。

●「会話のテクニック？」…余裕と自信が、溢れている。怒らせたら？…少し離れて、近づいてくるのを待っている。

●「おとなしくしていれば？」…自然と、モテるもの。
女神は？…ある日、突然現れる。

●「心を磨くと？」…ひととのつながりが芽生える。
それが、地上最強の義である。

●「若い頃、モテる男の子は？」…①頭がいい。②スポーツマン。「大人になって、モテるのは？」…①私の話を聴いてくれるひと。②私の長所を、伸ばしてくれるひと。③私を、大切にしてくれるひと。

●「ハートのキャッチボール？」…あるときは、ボールを投げて？　あるときは、ボールを受け止める（実は、包み込んでいる）。

R3.9.20

一緒に、生きている？…その感覚！

●「学習とは？」…①考える。②理解する。③まとめる。④覚える。⑤計算する（５つで、成り立っている）。

●「逃げるは恥だが、役に立つ？」
逃げることは？…きっと、恥ではない。

●「フムス（アラブ料理）？」…ゆでたヒヨコマメに、ニンニク、練りゴマ、オリーブオイル、レモン汁を加えてすりつぶし、塩で調味するペースト料理。

●「グレープフルーツ？」…ぶどうのようにぎっしりなっているから。ところでバナナは、真っ直ぐな方が甘い。

●「トランプの謎？」…カードは13×４＝52枚。１年は52週。１から13まで足すと91。４倍すると364。
ジョーカーの１枚を加えると？…365日になる！

●「ラウンドブリリアントカット楕円形58面体カット。人気商品は？」…①Tスマイル。②バイザヤード。③オープンハート。

●「ダイヤモンドのカット方法？」…①オーバル。②オールドマイン。③ハート。④ペアシェイプ。⑤マーキーズ。⑥ステップカット。⑦エメラルド。⑧スクエア。⑨テーパー。⑩バケット。

R3.9.22

許されないこと？

…それは、暴言とセクハラ！

●「乙(おつ)な人？」…いぶし銀の味！

甲は、高音？…乙は、低音！（低音の、渋い魅力）。

独特の感覚？…それが、洒落乙。

●「のどちんこの役割？」…食べ物が、鼻の方に上がってしまうのを防ぐ。人間にしかない。

「のどぼとけの役割？」…声帯を支える（女性は、小さい）。動物にもある。

●「喉頭(こうとう)？」…のどぼとけがある部分（声帯の真下）。

「咽頭(いんとう)？」…鼻から食道までの、ノドと呼ばれる部分。

●「令和3年の中秋の名月は？」…８年ぶりの満月であった。十五夜(じゅうごや)は？…満月とは限らない！　闇夜に、名月を探す？…まるで、君を探しているようだ。十六夜(いざよい)に？…想いを馳せよう。

●「青い目？」…それは、愛しい君を見つめる瞳。

●「闇夜に、遠吠え？」…狼になった気分。

R3.9.23

愛とは？…「あ」で始まって「い」で終わるもの！

- 「身だしなみ？」…今日を、素敵な一日にする。
  ひとに好かれるより？…ひとを好きになろう。
  努力している人は？…常に、夢を語る。
- 「失敗を？」…笑い話に、変えてしまおう。
  本当の力は？…追いつめられたときに発揮される。
- 「大切な人への最高のプレゼントは？」…長所に気づかせてあげること。信じる覚悟がないのなら？…ひとを愛するべきではない。どうせ思い込むなら？…できると思い込もう。
- 「他人に、ダメだと言われたときに？」…すべては始まる。自分が、ダメだと思ったときに？…すべては終わる。自分を好きになれば？…人生は、好転する。
- 「今日を、最高の一日にすると？」…素敵な未来につながる。当たり前なのに？…皆ができていないことを、やってみよう。人生において、大切なのは？…信じる人が、いることである。誰かの居場所を作れば？…そこに、あなたの居場所ができる。声が明るい！　目元が明るい！　道に明るい！　だから、笑顔が明るい！

R3.9.25

あ、かるい？…それは、明るいではないよ！

●「今の時代は？」…差し障りのないものを求める時代！個性が埋もれてしまい、応用や発展が、乏しくなっている。斬新な、切り口を入れる？…つまり、物事を斜めに切る。

●「ブルーインパルスF-15イーグル？」…マッハ2.5。北海道〜沖縄？…45分。マッハ１は、音の速さと同じで？…秒速340m、時速1225km。

●「世界の５大学？」…日本の東京大学は、35位なんだって！　ケンブリッジ大学（英）（私立・理系に強い）。オックスフォード大学（英）（私立・文系に強い）。ハーバード大学（米）（私立）。スタンフォード大学（米）（私立）。マサチューセッツ工科大学（米）（私立）。

●「近代的な大学の、原点？」…イタリアのボローニャ大学。1088年に誕生し？…母なる大学、と呼ばれている。学生と教員からなる組合が？…universitas。
これが、universityの語源である。

●「スコットランドにも？」…４つの歴史のある大学がある。アイルランドの、ダブリン大学も有名である。

R3.9.27

オンナは？…カタカナで書いた方が色っぽい！

●「女ごころ？」…**狙っている**と言われて、嬉しいもの。
男なら？…彼女のハートを、狙い撃ち！
「君を、離さない？」…男なら、決めてみせよう。

●「うなじ？」…髪の毛を除いた、首の後ろの部分。
「首筋？」…耳の後ろの辺りから、肩にかけての部分（うなじも含む)。「襟足？」…首の後ろの、髪の毛の生え際（髪の毛を指す)。

●「うな？」…首や首の後ろを表す古い言葉。
「うなずく」や、「うなだれる」の語源です。

●「いつも、君を想っている？」…だから、よく憶えている。記憶力は、大事？…それは、想っているから。
いつも、君を探している？…男なら、行動力。
恋は風船みたい？…だから、しっかりつかんでいる。

●「秋の夜長に、何思う？」…**生きている喜び！**
ひとを愛する喜び？…**何かを、学ぶ喜び**！
悔いなき人生？…**きっと、明日も晴れる**。
明日も会える喜び！

R3.10.2

一緒にペットを育てながら？

…愛を育てている

●「君に、そっと伝えたいことがある？」
浜辺で？…「この広い海一杯ぐらい、君が好き！」
２人で山登り？…「この景色を、君にプレゼントしたかった！」

●「恋の、初めの一歩？」…いつも初舞台。
頭の中を整理する？…始まりは、いつも静かです。
耳を研ぎ澄ます？…りんごの声を、聴くように。

●「恋の階段？」…恋は、あせらず！　じっくりと、話し合おう。①「立ち姿？」…僕のタイプです。
②「夢？」…ちょっぴり、尊敬しちゃう。
③「馬が合う？」…何か、落ち着くよね。

●「君といれば、スランプになっても崩れない？」
自分のこともできない男に、彼女ができる訳がない。

●「学ぼうとしない限り、修養の道には入れない？」
人生の補欠にはなるな？…主人公になる準備をせよ。
要領では？…実績は上げられない！
経験の中から？…巧さを、身につけよう。

R3.10.4

インフィニティは？…∞、つまり無限大！

●「撮影向けのヘルメットカメラ？」…ウェアラブルカメラ・カムコーダ。

●「コラッ？」…鹿児島弁の、ねぇ。

うざい（うざったい）？…語源は、うじゃうじゃ。

なにげ？…なんとなく、実は。

めっちゃ？…非常に、大変。

かまちょ？…かまってちょうだい。

すきぴ？…好きなピープル。

カコジョ？…加工女子。

●「うそに、うそを重ねたら？」…赤っ恥をかくよ！　信憑性（しんぴょうせい）？…情報が、確かである。

つまびらかにする？…明らかにする。

●「タイプなんです？」…つまり、顔が好き。

ちょこっと、好き？…君のハートに火をつける。

もっと好きにさせてみせると、思わせる。

言葉をぼかせる？…これが、誘いの下準備である。

R3.10.6

この世にないもの？…それは、絶対と永遠！

●「絶対に、会いに来て？」…儚(はかな)き想い！

「永遠に、君を？」…今は、夢を見ているだけ！

●「あいしてる」の？…「あ」。

「あかるい」の？…「あ」。「あした」の？…「あ」。

「あ」には、大切な意味がある。

●「眼差(まなざ)し？」…ものを見るときの、その人の目の表情！

視線は？…ものを見ること。

涼しい目？…風を受けて、遠くを見やるような感じ。

●「ムード？」…感情や気分に沿った意味！（印象やイメージ）。「雰囲気？」…醸(かも)し出す空気、環境的な感化作用！（オーラ）。

●「芥子(からし)色？」…やわらかい黄色。

「黄金(こがね)色？」…金色、山吹色。

●「ものは、見ようで変わり？」…ものは、言いようで変わる。ものは、例えようで？…ものは、考えよう。

ものは、とらえようで？…ものは、聞きようである。

R3.10.8

レシートをチェックする女性？

…同棲経験、あるんじゃないの？

●「口説きの３つの武器？」…①視線。②声。③技。
オーラとは？…存在感。キャラとは？…個性！
イメージとは？…印象深いもの。

●「容姿は、顔だけではない？」…立ち姿。後ろ姿。
清楚な立ち姿に、心を打たれ、可憐な後ろ姿に、心を惹かれる。可憐さは？…深い想いに、裏付けられる。
色香は？…可憐さから、生まれるもの。

●「寂しい？」…さびしいと読む！
静寂や、侘び寂びなど、状況や様子を表す。
「淋しい？」…これも、さびしい。
さんずいが涙を表すように、気持ちがさびしい。
さみしい？…ひらがなで書く。物悲しいこと。

●「晩秋の夕暮れ？」…プラタナスの木から枯れ葉が舞い散る。青春が、一枚一枚そのベールをはがしてゆく。

R3.10.9

新境地を拓く？…ここが、運命です！

●「恋は、**一瞬で始まる？**」…愛は、**じっくり育てるもの。**

「恋は、**胸の高鳴り？**」…愛は、**静寂を伴う。**

●「ライバルが出現？」…あなたなら、どうする？

黙って身を引く？…彼女は、どう思ってる？

恋は、椅子取りゲーム？…負けちゃいられない。

●「自分に自信がある？」…波に乗ってるね！

道に明るい？…明日への扉を開く。

きっと君を？…**幸せに、連れていく。**

●「素敵？」…素晴らしいの（す）に、的がついたもの（敵は当て字）。ステキ？…彼女に、そう思わせたい。

●「午前中？」…正午まで、という終わりがある！

午後中とは、言わない？…午後の終わりは、決まっていないから。

●「祭囃子（まつりばやし）が、聞こえてくる？」…実りの秋の季節。

張り歌でも、歌ってみせようか？…ドドント・ドン。

R3.10.10

目覚めの朝？…耳を立てて、声を聴こう！

●「身体は、ひとつしかない？」…１度に２つの事は、出来ないもの！　足し算も、**３つ同時には足せないんです。**

●「答えを出す？」…自分は、どこから来たのか？
何を求めて？…どこへ行くのか？

●「(あ) のこころ？」…自分の中の、**はじめの一歩**！
「(い) のこころ？」…これは、**押さえどころ。**
「(ん) のこころ？」…これで、**結ばれる。**

●「役は、ひとを作る？」…**責任**が、自己を高める。
厄年は、元は役年ですよ。会社や家の中で、役がつく年です。

●「好調なときは、身体も躍動している？」
心が、潤う。胸が、高鳴る。血が、騒ぐ。目が、輝く。こりゃ、面白い。

R3.10.13

狙いは、悪くない？…あとは、運！

●「答えを出す前に、することがある？」
①実験？…私に合っているの？

②観察？…色が、変わってくる！
③計算？…簡単に、答えが出るの？
それが、恋人試験。

●「アイデンティティ？」…さまざまな私を統合する、変わらない自己。「セレンディピティ？」…ふとしたことがキッカケで、幸運をつかむこと。

●「雲外蒼天？」…強くなることで、今まで見えていなかった新しい景色が見えること。

●「チューブラーベル？」…別名、コンサートチャイム。

●「ショートヘア？」…あごラインまで！
「ボブ？」…あごラインから肩までで揃える。
「ショートボブ？」…ショートヘアとボブの中間で揃える。ウエイトとは、丸みの位置の違いである。

R3.10.16

アメイジング？…驚くほど、素晴らしい！

●「カーテンコール？」…演劇などの出演者が、舞台上に現れて挨拶。

●「デトックス？」…体内に溜まった老廃物や毒素を排出すること。ロハスとは、健康で持続可能な生活様式のこと。ベーグルは、牛乳と卵とバターを使わないリング状のパン。

●「不登校の定義？」…年間30日以上の欠席。

●「サブカル？」…サブカルチャーの略、メインカルチャーの対義語。ハンドスピナーは、ボールベアリングを内蔵した玩具。
ダルメシアンは、白い犬で黒い斑点がある。

●「ナゲット4種類？」…①Bone（骨：蝶ネクタイ）！②Bell（ベル）！③Ball（ボール）！④Boot（ブーツ）。

●「きりん座ノ方向の、１億光年先にある棒渦巻銀河？」…NGC2336。直径約20万光年で、天の川銀河の2倍である。

R3.10.18

共に、生きる？…これが、すべてである

●「仕事ができる人は？」…同時に何本もの、回路を巡らせている！

●「歴史は、男が作る？」…そして、人生そのものが色恋(問題発言です)。

●「朝の顔？」…昨日の、幸せ度が分かる。
「昼の顔？」…夢中になれているかな？
「夜の顔？」…昼とは違い、色づいている。

●「馬鹿なことに手を出すから、頭を抱えることになる？」
…君子、危うきに近寄らず。李下(りか)に、冠を正さず（李はスモモ）。瓜田(かでん)に、履(くつ)を納(い)れず（ウリ畑では、靴を直さない）。

●「それって、付き合っているの？」
①誘われて、フラフラ？…好奇心が、Max ？
②淋しくて、寄り添う？…慰め合っているの？
③義理と接待？…勘違いされるよ。

●「アンティーク？」…100年以上前の品物。
「ヴィンテージ？」…戦後の、価値ある品物。
1978年以前のジーンズは、ヴィンテージものと呼ばれる。ワインを作るブドウの収穫年をさすこともある。

〰〰〰〰〰〰〰〰〰〰〰〰〰〰〰〰〰〰〰〰 R3.10.18

●「ヴィンテージ？」…戦後の価値のある品物（1978年以前のジーンズ）。グレートヴィンテージ？…ワインのブドウの良い収穫年。完熟したら、タンニンが多い。雨が少なく晴れが多い年は、良いブドウが採れる。

●「レトロ？」…馴染み深く、どこか懐かしいデザイン。ただ古いだけでは、NG ！

R3.10.19

笑っている君は？…いつも子どもに見える

●「すましている君は？」…お人形に見える。

●「ZONEに入る前に？」…お祈りをする。

目標があるから、ひとは祈るんです。

大切な準備期間によそ見をすると、糸切れ凧になる。

●「パリ症候群？」…パリシンドローム（何もしたくない）！　①トイレが汚く、少ない？…デパートにも1カ所（時に有料）。②pont（ぽん）（橋）？…ロングウィークエンドが多い。③夏のバカンスには？…パン屋も1ヶ月閉まってしまう。④日焼けは？…フランスの文化（シミもチャームポイント）。⑤コスメの国？…インフラも整っていない。⑥フランス語の発音？…口の動きと音（RとLも巻き舌で区別）。⑦パリとNYは、人種のるつぼ？…冬が長くて、曇りがち。⑧フランス文化は、言わなければわからない文化（日本は阿吽（あうん）の呼吸）。

R3.10.19

プロとは？…仲間から信頼され活躍する人！

●「グローブには？」…縦型と横型がある！

縦型は、親指と小指でつかみ？…横型は４本指で取る。

●「選手のマンダラチャート？」…（真ん中に、大事な目標）。一番大切な言葉は、運！…運を引き寄せるために？　①ひとがポイって捨てた運を拾う。②言葉遣い。③道具を大切に。④応援される人物になる。⑤利き腕を大切に。

R3.10.20

1日1日と？…別れの時が、近づいてくる！

●「死ぬまで、若者でありなさい？」…やりきった感を出す。追い込まれても崩れない？…形を持っている。

●「カテキン？」…緑茶に多く含まれている、ポリフェノール。渋味と苦味があり、肥満を予防しウイルスから身体を守る。

●「思いつくままに？」…「心の向くままに？」…「気ままに？」…「あるがままに？」…「なすがままに？」…人生の旅をする。

●「簡単なことができたら、OKですよ？」…むしろ、完璧はNG。65点のひとが好き。

●「ひとを育てることが、最高の幸せ？」…教えることが、とても楽しい！

●「腹筋を鍛えて、腹式呼吸？」…空気がうまくなる。

●「時間が押してきたから？」…ゼンマイを巻いていこうか？
尻をまくるは、けんか腰。尻尾を巻くは、降参する。
煙に巻くは、大げさに言って、相手を惑わせる。

●「滋賀の八幡靴？」…オーダーメイドの逸品（4万円～）。
小さな勝利を、積み重ねよ。

R3.10.23

指折り数える？…数え唄！

●「アンチョビ？」…カタクチイワシの塩漬けにオリーブオイルを浸す！

●「基本ができていない人間に？」…応用は入らない！

●「オリオン座流星群？」…ハレー彗星が放出した塵に、地球がぶつかる。

●「大山鳴動して、鼠一匹？」…大騒ぎした割には、結果が小さい。

●「2022年北京オリンピック？」…2/4～2/20冬季五輪。

●「山形県出羽三山の幻のキノコ？」…ミズナラの木の下に、9月～10月。天然マイタケ！…これが、絶品。
舞茸？…見つかったら、喜んで舞い上がるから。

ブナハリタケも美味しい。

●「チリのアタカマ砂漠で？」…季節性の大雨が降った2カ月後、砂漠の花畑ができる。200種類の植物が生える。

●「みんなで勉強すれば？」…教える係が、だんだん増えてくる。

●「アラブのドバイにできた、世界最大の観覧車？」ドバイ・アイ？…1周30分で、お台場の4倍の人数を収容できる。

R3.10.24

男のロマン？…3つは、欲しいな！

●①星空。②可憐な花。③海岸線（山の景色もいい）。自分独自のデートスポットを見つけておこう。

●「女の子には？」…ぬいぐるみを、プレゼントする！それは、僕と思って抱きしめてほしいから。

●「（あ）で始まって、（い）で終わるもの？」…「愛、明るい」。「（あ）で始まって、（う）で終わるもの？」…「ありがとう」。「（あ）で始まって、（つ）で終わるもの？」…「あいさつ」。この4つがあれば、人生を渡っていける。

●「宇宙人が教える？」…ポジティブな地球の過ごし方？自分らしくないものを、手放す！

すべての人間関係は、自分を知るためにあると捉える。嫌な相手は、格好（かっこう）のレッスン。

- 「鳥は、恐竜の子孫ではない？」…実は恐竜なんです。
- 「グルグルグルグルパー？」…チャグのタウンは、チャギトン。英語の、チャグチャグ？…日本語の、シュシュポポ。チャガーは、列車です。

R3.10.25

心の声？…これで、勝負する！

- 「勝負は、下駄を履くまで分からない？」…慌てることはない！　格好の的？…丁度良い標的のこと。
- 「エナジードリンク？」…アメリカ生まれのモンスター（210円）。
- 「ひとは皆、親の看板を背負って生きている？」親の背中を見て生きてきたからね。
- 「ダイヤグラム？」…鉄道の時刻表を、作るためのもの。
- 「少年から、青年へ？」…「少女から、シンデレラへ？」孤独を知った者が、愛を知り、ひとを包み込むことができる。愛されると知ったとき、女は凛（りん）となる。
- 「自我を抑える？」…それが、**押忍**！
- 「パートタイムラバーは？」…ひとときの恋を、演出する。

●「弱気を助け、強きをくじく？」…これが、**男気**！
「ロマンを持ち、愛を育てる？」…これが、**色気**！
「すべてに、施しをする？」…これが、**気っ風**！
男の３原則です。

R3.10.25

冬の味覚を？…考えてみませんか？

●「心温まる、キノコのレシピ？」
①3種のキノコのマリネ？…生シイタケ、シメジ、エノキ。②キノコのポタージュスープ？…シメジ、マッシュルーム、シイタケ。③納豆とキノコの炒め物？…豚ひき肉、シメジ、エノキ。④キノコ丼？…シメジ、マイタケ、生シイタケ。豚肉と温泉卵を入れて、刻み海苔かネギを合わせる。⑤キノコおろしうどん？…鍋で蒸して、キノコがしんなりしてから、だし汁を入れる。柚子で仕上げる。

R3.10.28

心は、温まる？…身体は、暖まる？

●「仕事が、切れ者？」…ポイントは、頭の回転！

「会話が、お上手？」…間の取り方と、アクセント。

●「女の子を、とりこにする？」…「魔法の、インスピレーション」！　インスピレーションとは、閃（ひらめ）いて高まる精神の動き。

①私のこと、想ってくれている。

②私のこと、知ってくれている。

③私のこと、信じてくれている。

④私のこと、見ていてくれる。

これが、愛の正体です。

●「正念場（しょうねんば）とは、重要な局面？」

山場は？…盛り上がる場面（楽しい場合もある）。

土壇場（どたんば）は？…物事が決まる最後の瞬間。

崖っぷちは？…ギリギリの状態。

●「人生の楽園？」…第2の人生！

あなたは最後に、どこに行きたいですか？

偉くなるより、賢くなりなさい！

R3.10.30

嫁さんを愛している男と、仲良くなりなさい！

●「Trick or Treat ？」…いたずらか、ごちそうか？

●「身も細る思いをしているのに？」…なぜか少し、太っている！

●「月曜日か！」ではなく？…「月曜日だ！」と思える人になろうよ。

●「発想を転換し、逆から考える？」…ザ・ゴール。

●「サッカーボールは？」…20個の正六角形と、12個の正五角形からなる。正五角形が、黒である。逆だと、真っ黒になっちゃう。

●「神が人類に与えた７つの恵み？」…１つは、重さを感じない重心。重心を持てば、物を軽々と運ぶことができる。

●「オタク系女子は？」…推しに貢ぐ（生活費以外は、すべて貢ぐ）。

推し被り？…推しが、被っている。

箱推し？…グループ全体を、応援すること。

推し増し？…さらにもうひとり、推しを増やす。

●「告白からではなく、挨拶から始めよう？」

欧米では、気軽な挨拶から仲良くなっていくんですよ。

●「表に現れると書いて？」…表現と読む！

あるときはクールに、あるときはキュートに、

またあるときは、セクシーに！

R3.11.1

トリュフチョコ？

…キノコのトリュフに似ているから！

●「フランス産の、黒トリュフ？」…「イタリア産の、白トリュフ？」…セイヨウショウロ属が、中心である。

●「猿でも反省する？」…失敗は必ず、次につなげよう。

●「歌に、志すなら？」…2曲は、十八番（おはこ）を持ちなさい。
場に合わせて？…ジャンルを変えてみる。
気分に合わせて？…マイブーム。

●「闘いの場面は？」…「ほとんど、戦争である！」（野性を証明する）。

●「ICT?」…Information and Communication Technology。
情報通信技術や取り組みの総称。
ICT教育のメリットは？…①学習の効率化。②コロナ感染予防。③DXの推進。④負担の軽減。⑤ITリテラシーの育成。

●「ヤマブシタケとハナイグチ？」…美味しいらしいよ。

●「人生に、逆転の妙手なし？」…勝負は、必然！

●「みんな、いい人だったら？」…いい人が目立たない。
末永く、お付き合いがしたいのなら、
すぐに、ベタベタすべきではない！

R3.11.2

あとで一杯、愛してほしいから？

…今は、少しでいいよ！

●「今まで聞いたことのない言葉で？」…口説いてみたいな？

●「そんなことは、いちいち言わなくていい？」…当然、わかっている！　求められるということは、素敵なことである。

●「ダルマに目ん玉を入れる？」…まずは、**左目**に入れる。画龍点睛（がりょうてんせい）？…**睛**は、ひとみ。逆鱗（げきりん）に触れる？…龍のウロコは、81枚。龍のあごの下に、１枚だけ逆に生えたウロコがある。

●「神の恵みのひとつ？」…時間が経てば、嫌なことを忘れる。人間は１時間たてば半分忘れている。１週間経てば、1/4しか覚えていない。

●「今、幸せかい？」…こんなの、聞けないよね。

●「相手の良さが分かってくれば？」…会いに来てくれるもの！　噂をすれば影ですね。

●「ビブラートがかかれば？」…２回目の、声変わりになる。つまり、色気を身につける。

R3.11.3

囲碁と将棋は、流れが違う？

…人生は、囲碁に似ている！

●「長生きしたければ？」…釣りをやりなさい。

●「年上と接するから？」…若くいられる。

「若者に囲まれるから？」…活力をもらえる。

●「物事の**切り口？**」…これで、差をつける。

●「問題を解くときは？」…まず、**出口を見通す。**

それから？…入り口を、見つけると良い。

●「ひと前で話すとき？」

表情に変化が多い人は？…**少し抑える。**

変化が少ない人は？…**色のつけ方を覚える。**

●「授業とは？」…業(ごう)を授けると書く。

戦っているのと、ほとんど同じである。

漢字を引き立てるのも、ひらがなの役割である。

R3.11.4

根性を出す？…それは、ただの欲張り！

●「あると、使ってしまう？」…それは、ただの浪費家。

「お金は、命と同じです！」…大切に使ってください。

●「安いということは？」…大きな魅力である！
「明日も来てね」の料金である。ただし、ある程度高くないと、烏合（うごう）の衆のたまり場となる。

●「大好きもいいが？」…小憎らしいも、悪くない。
おあずけを食らった方が、御馳走は美味しいもの。

●「若い頃は、毎日会いたかったけど？」…今は、週２で十分。やきもちは、束縛ではない。
神が人類に与えた７つの恵み？…１つは、やきもち！

●「オンナの敵は？」…目元のシワより、口元のほうれい線である。

●「場合分け？」…これが、休日の過ごし方のポイントである。晴れてもパチンコ。雨でもパチンコ？…これでは、ダメですね。数学の場合分けを、勉強してみてはいかが？

R3.11.7

占いって？…当たるのかな？

●①スピリチュアル・ヒーリング。②西洋占星術。③東洋占星術。④タロット占い。⑤手相・オーラ。

●①面白く、覚える？②楽しく、理解する？③正確に、計算する？

●「人間は、考える葦である？」…パスカルの『パンセ』。

●「五黄の寅？」…36年に１度、2022年。

「丙午馬？」…60年に１度、2026年。

●「神が人類に与えた７つの恵み？」…１つは、**摩擦力**。

摩擦力があるから、歩くことができる。

●「泣きっ面に、蜂？」…**涙は、流した方がいい**。

「火に、油を注ぐ？」…**心は、燃やした方がいい**。

●①「**顔見知り？**」…多分、気の合う連中。

②「**知り合い？**」…挨拶を交わす関係。

③「**友人？**」…少し長く、一緒にいられる人。

④「**ディア（Dear）？**」…ハートが、寄り添っている人。

あなたは、Dear Partner（親愛なるパートナー）いますか？

〜〜〜〜〜〜〜〜〜〜〜〜〜〜〜〜〜〜〜〜 R3.11.8

先読みばかりでは？…感覚は磨けない！

●「今の自分の、状況判断？」…そこから、次の一歩だよね。「**成功**は？」…ひとつの舞台の、**幕切れ**である。

改良を加えて、**新風**を取り入れなければ、ひとは**枯渇**する。常に、発展と進化の連続である。

●destiny（デスティニー）？…良い運命！

fate（フェイト）？…悪い運命。doom（ドゥーム）？…悲運。fortune（フォーチュン）？…運勢。lot（ロット）？…偶然の運命。

●「魂が、完熟した人だけ？」…いろんなものを、抱えることができる。つまり、**器**を身につける。それは、ひとを想ってきた人物。なくてはならない人物とは、そんなひとを指す。

●「まずは、**無視**する？」…実は、見ているんだ。
次に、**ほめる**。楽しくやらせて、期待せずにマイペースでやらせる。上達すれば、**叱る**。プロレベルとは、そんなものである。

R3.11.9

上昇すれば？…やがて、下降する！

●「地位と名声？」…本当に、必要なのか？
能ある鷹は、爪を隠す。諸葛孔明は、三顧の礼で庵を出た。決して、地位と名声を求めてはいない。すべては、義のためである。

●「アナフィラキシーショック？」…アレルギーの原因物質によって、極めて短時間のうちに全身にあらわれ、血圧の低下や意識障害になる。

●「笑いの法則？」…①ひとを馬鹿にして、笑い者にする。②自分がピエロ（道化者）になって、笑いを取る。③**ユーモア？　アイデア？　とんち？**…笑いの渦を巻く。④周りの人の長所や面白さを引き出して？…笑いの場を広げる。司会者とMCの違いは、ここにある。人の長所を見抜く力は、プロにしか持てない？

R3.11.10

ポッキーって？…ポキポキと食べるもの？

●「寒くなってきたから？」…家の灯りを、早く点そうか？

●「神が人類に与えた、７つの恵み？」…１つは、**火事場の馬鹿力。**

●「六星占術？」…中国の易学から、編み出されたもの。歯に衣(きぬ)着せぬ物言い？…「**ズバリ、言うわよ！**」

●「ラニーニャ現象が発生？」…今年も、寒くなる。

●「話し方のコツ？」…①間の取り方（相手に、少し考えさせる）。②姿勢と視線（**身体全体で、語りかける**）。③アクセントと抑揚（**単語にはアクセント、文章に抑揚**を）。

●「肩甲骨(けんこうこつ)は？」…ひとが、空を飛べた頃の名残り。天使の翼や天使の羽と、呼ぶひともいる。

●「未熟な人は？」…**楽しんでやりなさい。**

「階段を上がれば？」…下の階段は、消えてゆく！
君は当然のように？…僕の隣りに座る。

〜〜〜〜〜〜〜〜〜〜〜〜〜〜〜〜〜〜〜〜〜〜〜〜 R3.11.11

微笑みがなければ？

…語りかけているとはいえない！

●「**コスパ？**」…コスト（支払い）とパフォーマンス（成果）！　安いだけでは、コスパが良いとは言わないもの。
●「**マダックス**とは？」…野球で、100球未満の完封を指す。
●「一日の疲れは？」…背中に、溜まるもの。
●「天使の梯子（はしご）？」…薄明光線（**エンジェルラダー**）（幸せを呼ぶ）。
●「女性に、伝えたいこと？」…①美しい！②可愛い！③愛おしい！
●「ナスカの地上絵？」…南米のペルーにある。
●「告白したことのある女性？」…約３割。
「告白されたことがある女性？」…約７割。
「告白したことのある男性？」…約４割。
「告白されたことのある男性？」…約２割。

R3.11.13

断る理由が？…見つからない！

- 「マジョリティ？」…多数者。
- 「左利きは？」…**ミラードローイング**で、脳を発達させる。鏡に映って反転した像を、鏡を見ながら描いている。そのとき、**前頭葉**が大きく働いている。つまり、**最適解**を考える癖がつく。
- 「天の川銀河の隣の銀河は？」…大マゼラン雲。
  星団NGC1850内に、太陽の11倍の質量を持つ小型ブラックホールがある。それを周回する、太陽の５倍の質量を持つ恒星が発見された。
- 「鮭（さけ）は？」…**アンチエイジング**（抗老化、若返り効果）。
  抗酸化作用で、疲労回復。アスタキサンチンという老化予防成分。①バター香る、鮭と野菜のホイル焼き。②鮭のチャンチャン焼き。③鮭のクリームシチュー。④サーモンのクリームパスタ。⑤鮭とキノコの炊き込みご飯。
- 「江戸っ子が、（おひたし）と発音すると？」…（おしたし）になる。
- 「みじん切りは？」…千切りをさらに細かくしたもの。
- 「コールスロー？」…細かく切ったキャベツを使ったサラダ。

R3.11.15

明日ボクは？…きっと損して、得をとる！

●「アイデアは？」…脳裏に**一閃**（ピカリと光る）。

●「単純の対義語は？」…意味深長。**意味深は**？…意味深長の略語である。深長とは、言葉の意味などに深み・含みがあって複雑なこと。

●「ジャバラみかん？」…ユズや九年母の自然交雑種。強烈な酸味と苦味があり、和歌山県北山村の村おこし。

●「トニックウォーター？」…炭酸水に果皮のエキス、糖分を加えたもの。

●「惚れた、**腫**れた？」…皮膚が赤く腫れるほど、夢中になっている。

●「演歌の**きばり？**」…「ん〜」を、濁音、ナ行、マ行、ラ行の前に入れる！　「演歌の**張り？**」…「ハ〜」！「ハッ」！　のサバキで差をつける。

●「アラスカは？」…現地の言葉で大いなる大地と呼ぶ。

●「小手先？」…剣道には、関係がない。小＋手先であり、手先の器用さだけで行うこと。「小耳にはさむ？」「小話？」と、同じである。「剣術が語源の言葉？」…「つばぜり合い」。「火花を散らす」。**鬼の首は、取ってはダメですよ。**

R3.11.16

黒猫が横切ったら？…不吉の前兆である！

●「偉い人には？」…実は、**権力はない！**
心が強い人に、本当の**力がある**。耳を澄まさなければ、**心の声**は聴こえない。

●「世界最大の一枚岩は？」
西オーストラリア州のマウントオーガスタス。
岩の長さは、８kmで、ウルルの２倍以上である。
２番目は、オーストラリア大陸にあるエアーズロック（**ウルル**）。

●「縁起に関する言葉？」…①**験**（げん）**を担**（かつ）**ぐ**。②ジンクス（**日本では**幸運も）。③**迷信**（科学的には不合理）。④**法則**（原因と結果の必然的な関係）。⑤**因縁**（結果の直接の原因）。⑥**俗言**（おまじないや占い）。

●「肩こりを解消する早技？」…空を飛ぶポーズをする。

●「プレゼンテーションのコツ？」
①ホワイトボックスを作り、あとで書き込む。
②書いてあるものを、途中でブラックボックスで隠す。

●**「雑学の泉から、広がる世界」**
「無意識の世界から、湧き出る感情」
今にすべてを懸ける。

R3.11.20

本当に悲しかったのなら？

…思い出せば、涙が出るはず

- 「**クエスチョン**を？」…そっと、投げかける。
- 「押したら、離れる？」…引いたら、くっついてくる。
- 「**スクールカースト？**」…クラス内のグループの階級。カースト（階級）は、社会にも存在する。
- 「俺の手のひらに？」…愛を、感じないかい？
- 「白湯（さゆ）？」…冷え性や便秘に良い。
- 「ブラックフライデー？」…11月の第４金曜日の、特別価格のセール。
- 「帰ってきたと、連絡することが？」…１番のお土産である。
- 「皆既月食のはずが？」…なぜか、**満月が輝いている**。
- 「おうし座の**アルデバラン？**」…**スバル**より、少し遅れて周回する。
- 「世界新三大夜景？」…①**長崎**。②**モナコ**。③**上海**。

R3.11.20

高校生が考えた？

…神が人類に与えた8つの恵み！

●「失敗？」…スキルアップで、成功につなげる。
●「脳？」…考える頭がないと進化することができない。
●「直立二足歩行？」…大型の頭部を支えることが、可能になった。
●「音？」…他者との意思疎通、危険の察知に役立つ。
●「笑う？」…他の動物は、笑いますか？
●「スマホ？」…人類の誰もが使う、知恵の結晶である。
●「科学？」…人類が知らないことが、まだあるんだよね。
●「言葉？」…感情を伝える手段である。
これは、高校生が考えた、人類のお話です。
あなたは、どう思いますか？

R3.11.22

子どもっぽいだけでは？…感心はしない！

●「得意な形を、１つ完成すれば？」…２番手の形も、組み立てやすい。
●「練習で、上手くなり？」…実戦で、強くなる！

「面白く、覚えて？」…楽しく、理解する！
頑張っている姿は、見ていて嬉しいもの。

- 「結婚は、**求めるもの**ではない？」…**与えるものである。**
- 「有識者の、識は？」…**知識の識**ではなく、**意識の識**である。それは、**聴く姿勢**、つまり**向上心**を意味する。
- 「リボ払い？」…つまり、ローンですよね。
30万円の買い物を、５年間のリボ払いで返済すると、40万円以上は支払うことになる。
- 「**デキャンタ**に入れると？」…ワインが美味しくなる。
「デキャンタージュ？」…ワインを、デキャンタに移す作業。①味わいが、まろやかになる。②香りが良くなる。③ワインの中のオリ（酒石酸やタンニンの結晶）を取り除く。

R3.11.23

人生なんて？…日曜日みたいなもの！

- 「夢中になるのは？」…面白いから。
「本気になるのは？」…ひととの絆が、産み出すもの。
- 「金太郎飴は？」…どこを切っても、金太郎。
子どもたちは、同じように見えても個性が違う。
- 「ひとの表現する美とは？」…素直さの象徴。

まさしく、向上心の表れである。

●「日本の離婚率？」…35％、３組に１組である。
アメリカは、50％。何とロシアは、80％。失業率が影響している。

●「結婚は、悲劇の始まり？」
何と、人生の墓場！　だって、同じ墓に入るのだから……。

●「子どもっぽいだけでは、感心はしない？」
できなかったことは、叱らない！…その姿勢を叱る。
注意と指導は？…方向性が違う。

R3.11.23

自分の身体は？…ひとつしかない！

●「問題が、２つあるとしよう？」…まず、どちらを優先するのかを考える。そして、１つを**目の前に持ってくる**。以上。

●「日本料理は、世界一美味しい？」三ッ星レストランが、世界で最も多い国。①安全性。②素材を活かす。③余白の美。④細部にこだわる。

●「二流で終わる人間は、怠け癖を持っている？」
「**怠け者？**」…時間の使い方が、下手なのかもね。

「愚か者？」…実力が伴わないのに、勝負の場に出てしまう。

「馬鹿者？」…道を、誤ってしまう。

「戯け者？」…そもそも、性根が曲がっている。

「道楽者？」…遊ぶために、生きている。

●「１日で、300億円の寄付？」…大物は、やることの規模が違う。

ひとのために生きる？…これぞ、神である。

自分のできることを探す？

これも、人生の探し物である。

R3.11.26

マウントを取る？…その、切り返し！

●**「スルー言葉？」**…①へぇ、そうなんですね。②よかったですね。これで、止まるはずです。

●**「鈍感なふりをする？」**…すみません、よく知らなくて。これも、止まるはず。

●**「はっきり、言い返したい？」**…**「イエスバット法」**。おっしゃる通りです、ただ私は、○○なんです。もうすぐ、帰られます。

●**「アンガーマネジメント？」**…怒りを落ち着かせ、冷静さを取り戻す。

6秒待つ？…1・2・3・4・5・6と、ゆっくり数える。

6秒間の間を取れば、怒りは収まるらしいですよ。

●「トイレに立つ？」

男子は、「キジを撃ちに行きます」。

女子は、「お花を摘みに行きます」。

格好が、似ているでしょう。

〰〰〰〰〰〰〰〰〰〰〰〰〰〰〰〰〰〰〰〰〰〰〰〰 R3.11.28

生活習慣を？…チェックしてみよう！

●「朝のコーヒー？」…ポーションミルクと砂糖が、悪影響かな？　1日、5～6杯は、健康長寿効果あり。

●「ペットとキス？」…やめた方がいい。

動物由来感染症？…何を舐めているか、分からない。

●「高齢者が、肉を食べる？」…大いに結構。

筋力を維持するために、肉を食べるべきである。

●「お酒を飲んで、サウナ？」…危険である。

脱水症状と、脳梗塞に注意！

●「枕に頭を乗せている間？」…免疫細胞とタンパク質は、休息する。

●「起床時間を一定にすることは？」…健康なリズムに、

不可欠です。

- 「自然光を浴びると？」…体内時計が、働いてくる。
  疲れの原因の、メラトニンの分泌が抑えられる。
- 「仕事を忘れる？」…オフの時間が、必要である。
- 「遊びは？」…夢中になれるものがよい。
  仲間ができるもの、そして安くできるものがいい。
- 「恋する気持ち？」…とても大切である。

R3.11.29

溺れている人を？
…泳いで助けに行くのは、危険！

- 「**ペットボトル**や**クーラーボックス**を？」…**フタを閉めて投げる**。意識がなければ、水を吐かせるより心肺蘇生を優先する。
- 「Come onの意味は？」…「**こっちにおいで**」だけではない。①**いいじゃないか、お願い**。②**ふざけないで、冗談はよせよ**。③**ちょっと待てよ**。④**頑張れー！**
  感情を乗せると、**ツッコミ**にもなり、用途が広がる。
- 「オミクロン株の恐怖？」…11月30日から、外国人の入国禁止。
- 「赤潮で？」…北海道のウニが、高騰している。

●「お守りの言葉は？」…大切なひとからの、**「みてござる」**。

●「本当のチャンピオンは？」…**ひとの心の、痛みが分かる。**努力してきた人には、**ひとの努力が見えるのです。**

R3.12.1

いじりって？…いじめの、第一歩なのね！

●「ミネラルウォーター？」…地下水を、原水とするもの。主要なミネラルは？…①カルシウム。②マグネシウム。③カリウム。④ナトリウム。
硬水は、カルシウムとマグネシウムが、多量に溶けている。軟水は、料理やお茶に向いている。

●「リザードは？」…トカゲ革である。「クロコは？」…ワニ革。

●「胃カメラのNBIシステム？」…最先端の内視鏡技術である。

●「麻雀の雀荘のレベル？」…日本一高いのは、新宿歌舞伎町である。

●「盗人に、追い銭？」…損に、損を重ねること。
「盗人、猛々(たけだけ)しい？」…悪者が、居直っている。

●「お父さんと恋人の？」…中間ぐらいが、丁度いい。
それって、男の先生の役割なんですよ。

R3.12.3

噂をすれば？…きっとその人はやってくる

●「放射冷却？」…晴れた夜に、熱が逃げて冷える現象。
風が弱いほど、朝は冷え込むらしいですよ。
空気の乾燥が、寒さを増していく。
地球は赤外線で、熱を宇宙空間に放出している。
●「高校野球の、対外試合禁止期間？」…12/1 ～ 3/5。
雪国との不公平の解消と、学業に専念するため。
●「12/1 ？」…一万円札、発行の日。
●「塩対応？」…素っ気ない接し方。
●「大きな地震が来たら？」…まずお風呂に水を貯める。
次に、懐中電灯を用意しよう。
●「アイスブレイク？」…初対面で、打ち解けること。
●「編み込みは、イントレ？」…型押しは、幾何学柄。
ヘビ柄は、パイソン（エキゾチックレザー）。

R3.12.6

稼げる人になりたいのなら？
…天狗になるな！

●「Brave Youth ?」…勇敢な若者という意味である。

●「あなたは、何月が一番好きですか？」…満月の名前は、毎月違います。12月はコールドムーン。

R3.12.6

ひとには、逆らうものではない？

●「話を聴きながら、書けることは？」…高い知能レベルである。

●「私道のほとんどは？」…位置指定道路である。
４ｍ以上の道路に、２ｍ以上接しなければならない。
一般的な普通車両は、日常生活上不可欠と判断されれば、その車両の通行を**妨害することはできない**。ただし、道路に**損傷**を与えるようなトラックは、制限できる。

●「病院へお礼の品を贈る際の熨斗(のし)は？」…紅白の蝶結びで、表書きは、「御礼」が一般的である。お茶菓子など、分けられるものが無難です。退院の前後に、人目のない所で渡します。商品券や金品は、病院の規則に従いましょう。

●「グループ学習と班別学習？」…協調性が必要です。

●「ボーナスの手取りは？」…支給額の、約8割です。
100万円を超えると、所得税が増えて約7割です！

R3.12.8

君の羽根は、星空みたい？

…それが、自己肯定感！

●①まなざし。②声かけ。③観察。④ほめる。

●「話せる関係性？」…いのちに触れる。
寄り添って、耳を傾けてください。

●「レジリエンス？」…竹がしなって、元に戻る（立ち直る力）。土台は、生活舞台の環境整備である。楽観性も、必要である。

●「3つのポスト？」…①捨てる。②読んで。③聴いて。

●「心と身体の健康チェック？」…自己点検の必要性。
「STEP1 ？」…身体に、目を向ける（痛い所はありませんか）？ 「STEP2 ？」…心の調子に、意識を向ける（泣いていませんか）？ 「STEP3 ？」…頭に届けるメッセージ（スッキリしていますか）？

●「お店や病院の玄関に、スタッフの名前と写真が貼ってある？」…安心感を与えるよね。
心の羽根を、少し休めてみないか？

〜〜〜〜〜〜〜〜〜〜〜〜〜〜〜〜〜〜〜〜〜〜 R3.12.9

鷲づかみ？…何て、強引な人なの！

●「マイ・ラブリー・ガール？」…本当は、ず〜と一緒にいたいのに……。

●「彼氏には？」…**右からの表情を見せる。**
「みんなには？」…**左からの表情を見せる。**

●「仕事をしない者に？」…遊ぶ資格はない。

●「**視神経**が働かないと？」…身体の動きが、鈍くなる。

●「男の訴求力？」…①**誘う。**②**口説く。**③**お願いする。**
狼になりたい。ただ一度……。

〜〜〜〜〜〜〜〜〜〜〜〜〜〜〜〜〜〜〜〜〜〜 R3.12.10

知ってる？…怖〜い地震の基礎知識

地震の種類？…①海溝型地震。②断層型地震。③火山性地震。

〜〜〜〜〜〜〜〜〜〜〜〜〜〜〜〜〜〜〜〜〜〜 R3.12.11

●「立ち居振る舞い？」…**足首**の動きが、ポイントである。
足首の力が入ると、膝が曲がらない！

●「これが、芸術だ！」…言葉なんて、きっといらない。

●「取りまとめ能力と取り仕切り能力？」
キャプテンと**リーダー**がいる。
●「青いモスク？」…イスラム寺院。
●「苦労が楽しくなるまで、苦労することが？」…苦労なんだよね。
●「それって、**ほの字**なんじゃないの？」…どうせ私は、**都合のいい女**。
●「**長年の勘**が、働くことはあるが？」…**経験は、活きない！**
●「**目を疑う？**」…あなたには、やっぱり私が必要なのね。似てる人が100人いても、**見間違えないわ**。
●「**技術**では、得られないもの？」…それは、**ハートの輝き**。

〰〰〰〰〰〰〰〰〰〰〰〰〰〰〰〰〰〰〰〰 R3.12.14

結婚の決め手は？
…この人となら、離婚してもいいや！

●「子育てのポイントは？」…個人として、尊重する。
●「数学を、学べば？」…話の説明が、上手になる。
●「キュロットは？」…フランス語で、半ズボン。
「ガウチョは？」…スペイン語で、カウボーイ。
●「ニュートラ？」…アイビーやトラッドを、大人っぽくエレガントにした、お姉さんスタイル。

●「マズローの欲求5段階説？」…実は、6番目まであった！①生理的欲求（三大欲求は、食欲・睡眠欲・性欲)。②安全の欲求。③社会的欲求（所属と愛情の欲求)。④承認の欲求（尊重の欲求)。⑤自己実現の欲求（自分にしかできないことをする)。⑥自己超越の欲求（莫大な寄付をしたり、全世界に貢献する)。

●「自己肯定感？」…自分はありのままでいい、そう思う感覚である。自己肯定感の高い人は、自分の価値と自分の行動や感覚を、切り離して考えている。

●「今年の漢字？」…①金。②輪。③楽。

●「趣味を越えると？」…生活の一部になる。

R3.12.15

空前絶後？…それも、面白い！

●「**たった一回のチャンス**を？」…ものにする人であれ！

●「お金を拾うより？」…ゴミを拾った方が、気楽である。

●「パブロフの犬？」…つまりは、条件反射である。

●「マインドセット？」…ひとの意識や心理状態は、多面的にセットされる。その原型は、６歳までに作られるという。

●「女の子と書いて？」…**好き**と読む。

●「強くする秘訣は？」…**自由にやらせる**ことである。

●「自信とは？」…あるものではなく、**持つ**ものである。自信があるから、笑顔になれる。自信が**確信**に変われば、心身が**躍動**する。

●「転生した大聖女は？」…聖女であることを、ひた隠す。

R3.12.16

お正月より？…給料日💖

●「**理想の学び**は？」…**日常生活**の**延長線上**にある。

●「トップに立てば？」…見える**景色**が違うもの。

●「嫌いなことは、なかったことにする？」…これが、**忘却の法則**。

●「江戸の敵(かたき)を、長崎で討つ？」…臥薪嘗胆(がしんしょうたん)だね。

●「信じる者は、救われるって？」…**実は、本当だった！**

●「羽毛布団の上に毛布を被せると？」…その逆より、30分で1℃の温度差がつく（**あったかいんだから**）。

●「先生なんて、間違いだらけ？」…**師匠**に、尋(たず)ねてみよう。師匠は、そういるものじゃない。

●「お互いに忙しいときは、**会わない**ことにしている？」…これって普通は、心が結ばれている人としかできないこと！**その余裕。その距離感。君は知っている。**

R3.12.17

誰にも読めない？…キラキラネーム

- ①男：あだむ。②**心姫**：はあと。③**紅葉**：めいぷる。④**桃花**：ぴんく。⑤**夢姫**：ぷりん。⑥**天音**：そぷら。⑦**奏夢**：りずむ。⑦**愛翔**：らぶは。⑦**愛羅**：てぃあら。⑩**一心**：ぴゅあ。
- 「若いうちは、勝負に負けた方がいい？」
  悔しさをバネに、明日を戦う。本当の勝利は、きっとその先にある。
- 「凄く仲がいい訳ではないのに？」…同じものを持っている。これって、どんな関係？
- 「大きかったら良いと、言うもんじゃない？」
  地震も火事も、小さい方が良い！
- 「ICU って？」…集中治療室だよ。
- 「リハビリは？」…明日を生き抜くためのトレーニングである。

R3.12.20

パチンコ屋の店長は言う？

…必ず、返しに来てですわ！

●「遊んだ分のお金は、払わなきゃね？」
勝った者は、どや顔ですよ。欲張りは、地獄に堕ちる。
勝つ確率は、1/4！　狙うなら、上り調子の台を！
早めに切り上げて、一杯やりに行こう。必ず、運はどこかで切れる。

●「馬鈴薯（ばれいしょ）？」…じゃがいもの別名。

●「海と呼ばれている塩水湖？」…①カスピ海。②アラル海。③死海。黒海から、エーゲ海、そして、地中海への旅。カスピ海は、ペルシャ湾を凌（しの）ぐ石油の宝庫。死海は、海抜マイナス430m。地表で、最も低い場所。海を知れば、世界地図がよく分かる。

●「ルーマニア語？」…Dragoste：愛、Tei：菩提樹、Maiahii：5月。

R3.12.20

恋の階段は？…あせらず、一歩ずつ！

●「君がいるから？」…僕は、安定している。

●「良い睡眠は？」…活力の源である。

●「石鹸やシャンプーは？」…アブラヤシの実から採れるパーム油から。RSPO認証マークが良品です。

●「自殺防止の厚生労働省ホームページの悩み相談窓口？」…①いのちの電話。…AM10時～ PM10時。
②こころの健康相談統一ダイヤル。
③よりそいホットライン。…24時間。

●「実績を上げた者が、本当の勝者ではない？」…未来を切り開いていく者が、本当の勝者である。

●「いとこは、４親等？」…はとこは、６親等。

●「花椒（ほあじょ）とは？」…四川山椒である。

R3.12.22

恋の行方を？…あの星に、聞いてみよう

●「男は、詩人であれ？」…君のために、ロマンを語る。ロマンは、フランス語。長編小説という意味もある。

●「男のロマン？」…本来男には、力と度胸が求められていた。女には、優しさと品位が求められていた。そして、男のロマンが生まれた。

●「女のロマン？」…元々、日本には存在しない概念です。恥ずかしいという感情が先行する。女性のロマンは、ロ

マンスのこと。
- 「カブトムシを、素手で取りにいく？」…これも、男のロマン。女性は言う？…男ってバカね、でも可愛い！
- 「元始、女性は太陽であった？」…男とは、子どもよ。女とは、宝よ。

R3.12.23

ほら、雪が舞っている？
…これがふたりの、ホワイトクリスマス

- 「男の**ロマン**を？」…女は、**母性**で包み込む。
- 「**堕天使**は？」…**高慢**と**嫉妬**で、天界を追放された。**「小悪魔は？」**…可愛らしい一面、**自由奔放**である。思わせぶりな言動で、男を振り回す。
- 「悪が強いから？」…正義に感動するもの。そこからの、**一件落着**。
- 「言葉が、言葉を生む？」…バトンリレーは、続いてゆく。**オチ**がなくても、**つながればよい**。ひとを動かすものは、**言葉**である。
- 「難波花月近くの、千とせ肉うどん？」…実は、**肉吸い**の発祥！　花紀京が、最初に注文した。
- 「脱着式コンテナ？」…**バッカン**と呼ぶ。

バッカン（麦缶）は、旧海軍が使っていた。飯を入れる容器が飯缶である。

●「**アンサンブル？**」…２人以上が、同時に演奏すること。合唱、重唱？…合奏、重奏もある。

〜〜〜〜〜〜〜〜〜〜〜〜〜〜〜〜〜〜〜〜〜〜〜〜〜〜〜〜〜〜〜〜〜〜 R3.12.26

正式名称は？…嫁さんではなく、妻！

●「私は流されない？」…**唯我独尊ゲーム**。

●「**アルマジロ？**」…北アメリカからアルゼンチンにかけて分布する。

●「猫舌は治る？」…アールタベールの**舌の形**を作る（舌先を奥に）。

●「ごまめ？」…田作りの別名称。
ごまめは、元々田作りより小さなカタクチイワシを呼ぶ言葉だった。

●「A列車で行こう？」…アートディンクが開発した都市構築型のゲーム。

●「フランス領ギアナのクールーにあるギアナ宇宙センター？」…新型宇宙望遠鏡ジェイムズ・ウェッブを搭載したアリアン５打ち上げ。

●「豆乳？」…大豆を水に浸してすり潰し、水を加えて煮詰めた汁を、漉(こ)した飲料（残ったのが、おから）。

●「日本三景？」…①**松島**：宮城県北東部、260の島々。②**天橋立**：京都府北部宮津湾。③**宮島**：広島の宮がある島、正式名称は厳島。

〜〜〜〜〜〜〜〜〜〜〜〜〜〜〜〜〜〜〜〜〜〜〜〜 R3.12.27

揺らしたときに？…そのひとの本性が見える

●「１番たる者は？」…**あらゆる項目**を揃えている。

●「エンパイア・ステート・ビルディング？」…アメリカ合衆国のニューヨーク州マンハッタンの超高層ビル。エンパイア・ステートは、ニューヨーク州の別名である。

●「仕事ができるひと？」…お酒を飲んでの、**コミュニケーションも大切**。**ムダ話**も大切で、ひとの歌は**静かに聴く**（**飲みゅニケーション**）。トークで、ひとを喜ばせる。

●「器の小さい人間は、包容力がない？」
大切な人まで、手放してしまう。

●「**幸せの写真**は、明日へはつながらない？」
むしろ、失敗の写真を見てバネにしよう。

●「冬の大三角？」…①オリオン座の赤い星：**ベテルギウス**。②おおいぬ座の白い星：**シリウス**。③こいぬ座の**プロキオン**。

〜〜〜〜〜〜〜〜〜〜〜〜〜〜〜〜〜〜〜〜〜〜〜〜 R3.12.28

違いが分かる人は？…五感が、働いている

●①「チャンスを嗅ぎ分ける？」…**鼻**が、効く。
②「違いを見つける？」…**眼力**が、抜け目ない。
③「ウサギのように？」…要所で、**耳**が立っている。
④「**手のひら**の感触が？」…ソフトである。
⑤「**舌**の使い方が上手くて？」…くちびるが柔らかい。

●「中学校の勉強が、分からない？」…ほっといて！
私は今まで、しっかりと生き抜いてきた。

●「国民年金保険料は、20歳〜60歳まで支払う？」
厚生年金保険料を支払えば、国民年金保険料も、支払っていることになる。
令和3年度国民年金保険料は、月額、16,610円。
令和3年度国民年金の満額は、780,900円。

●「痩(や)せたひとは、いびきをかかない？」
肥えると、舌がのどを狭めていびきをかく。

〜〜〜〜〜〜〜〜〜〜〜〜〜〜〜〜〜〜〜〜〜〜〜〜 R4.元旦

振り返れば？…そこに、愛がある！

●「去年の**名月**は、１番綺麗やった？」…「２番目は、君

だね」

●「**元旦**は、初日の出？」…1月1日は、**元日**（間もなく陽が昇る）。

●「座右の銘は、**一瞬に生きる？**」…これは、**チャンスをつかむ**こと。

●「一粒万倍日（いちりゅう）？」…何かをスタートさせる吉日。

●「ア・カペラ（イタリア語）？」…教会の音楽形式で、声楽だけの合唱。

●「アンコ型？」…丸々と太って、お腹が出た力士（魚の**アンコウ**）。

「ソップ型？」…細身の力士。オランダ語：スープの鶏ガラが**骨っぽい**から。

●「適切なカロリー制限？」…老化を、抑制できる。

一方、過度なダイエットやジム通いは**老化を招く**。

ごく**少量のストレス**は、**老化を抑制**できる（抵抗性の獲得）。

●「前頭葉の大部分を占めるのが？」…**前頭前野**。大脳の30%。人間が一番多くチンパンジーで17%である。

「前頭前野は、脳の司令塔？」…①会話。②料理。③笑う。④探す。右脳は、**感性**？　左脳は、**理性**？…真ん中に、**野性**がある。

賽銭やと思い？…パチンコ屋に、お金を落とす

- 「こいつぁ、春（正月）から、縁起がいい」
- 「ブルゾン？」…着丈の短い上着（フランス語で、裾を絞ったブラウス）。おすすめは、ボアブルゾンと中綿ブルゾン。「ジャンパー？」…ゆったり羽織れて動きやすい、短い丈の上着。ジャンパーは、和製英語（外国では、通じない）。「ジャケット？」…腰丈から尻丈の上着。MA-1は、アメリカ軍が着ていた、ナイロン製のジャケット。
- 「脳で考えて、**話す**のではなく？」…脊髄から反射して**喋る**。脊髄は、背骨の中を通って脳の延髄に続く灰白色の綱の器官。
- 「ギャンブルとしての競輪と競艇は？」…日本と韓国にしかない。
- 「綺麗・美人・可愛いに勝る？」…**べっぴん**と**色可愛い**。色可愛いとは、可愛いのに色っぽい女性のことです。
- 「葉酸？」…ビタミンB群の水溶性のビタミン（赤血球を作る）。
- 「サメ肌？」…乾燥してお肌がザラザラになったり、ブツブツになる。

●「自分に似合う洋服を探す？」…これは、明日を**素敵に生きる**ため。「知人に似合う洋服を探す？」…これは、**夢のある趣味**。

～～～～～～～～～～～～～～～～～～～～～～～～～～～～～～～～～～ R4.1.2

昨年の？…感謝を込めて、初詣！

●「**初夢**やぁ～？」…「一富士二鷹三茄子」（見たことない）。

●「**手紙**を書くことは？」…ひとを、想うこと。

●「心が満ちてくる？」…さあ、**窓**を開けよう。
「心が潤（うるお）う？」…さあ、**扉**を開こう。

●「心の声は？」…ハートに届く（これが**予感**や**胸騒ぎ**）。「天の声は？」…頭に閃（ひらめ）く（これがZoneの始まり）。「時は？」…瞬（またた）いている（大切なのは、今を生きること）。

●「訪問先のマナー？」
①玄関を上がるとき？…正面を向いたまま靴を脱いで上がり、振り返って腰を落とし、靴の向きを変える。
②バッグや手土産は、手に持つか腕にかけたまま上がりましょう。

●「親友もいいが？」…イージーフレンドもいいね（Easy Friend）。

R4.1.3

子どものお年玉は？

…貯金させるべきではない！

●「お金の使い方を？」…学ばせるため（子どもは、無駄使いはしない）。ただし、買いたいもののためにお金を貯めるのは好ましい。大切なのは、考えてお金を使うことである。

●「止めるには？」…止めるなりの、理由がある。
面白くないなら、止めるとよい。仕上がったら、別のことをやりなさい。

●「今は、十分に遊んでおきなさい？」…そのうち、忙しくなるから。若いうちは、見聞を広めよう。恥なんて可愛いもの。修羅場も、乙なもの。

●「教えることは、楽しいもの？」…育てることは、嬉しいもの。だからひとは、学ばねばならない。

●「エベレスト登山？」…ネパール政府の、許可が必要。
行程は3週間、費用は500万円～1000万円。
ひとから慕われることが、ダンディ。

R4.1.6

寒い冬には？…血圧が上がる！

●「血圧上昇の原因？」…①自律神経が暴走し、**ノルアドレナリン**を過剰に分泌し、血管を収縮。②血管壁が**弾力性**を失い、カチコチになり、伸縮できなくなる。③**超悪玉コレステロール**が血管壁内に蓄積し、血管を狭める。
「改善法？」…①食生活（カリウム、カルシウム、マグネシウム、タンパク質。トマトの**リコピン**、ナスの**アントシアニン**、赤ワインやお茶の**ポリフェノール**。②有酸素運動？…散歩、ウォーキング、ストレッチ（**血管を柔らかく**）。③タバコとお酒を控える。④GABA（ギャバ）を摂取する。

●「お餅で、喉を詰まらせたら？」…**４分間**が勝負。
食道に詰まっている場合は、背中を叩いてもダメ。本人に**咳**をさせましょう。

●「枕上書（ちんじょうしょ）？」…枕元の本、愛読書かな？

●「栴檀（せんだん）は双葉（ふたば）より芳（かんば）し？」…成功するひとは、幼少の頃から優れている。

●「ヒアルロン酸は？」…肌にいい保湿成分です。

R4.1.7

七草がゆ食べて？…温まろうよ！

- 「七草？」…①ほとけのざ。②せり。③すずな。④なずな。⑤はこべら。⑥ごぎょう。⑦すずしろ。
- 「天草ボタン？」…天草陶石で作る磁器ボタン。１つ作るのに、１週間。通販はしていません。
- 「**天赦日**（てんしゃにち）**？**」…最上の大吉日。「**寅の日？**」…旅立ちに良い。「**己巳**（つちのとみ）の日？」…60日に１回、金運良し。「**甲子**（こうし）**の日？**」…縁結び、商売繁盛、この日に始めると長続き。**1/11（火）**？…天赦日、一粒万倍日、甲子の日が重なる最上の日。**3/26（土）**？…天赦日、一粒万倍日、寅の日が重なる最上の日。寅の月は２月？…2/8は、寅年の寅の月の寅の日である。月は12月から数え始める。
- 「気温は？」…地上**1.5m**の温度である。
- 「雲間から見える太陽の光の筋？」…光芒（こうぼう）（薄明光線）。地上に差すものは、**天使の梯子**（はしご）。
- 「後光の類義語？」…①光背。②光輪。③円光。

〰〰〰〰〰〰〰〰〰〰〰〰〰〰〰〰〰〰〰〰 R4.1.9

寒いねぇ？…君は、何にする？

●「俺、塩？」…君は、味噌がいいやぁ。

●「**メリハリ**は？」…メリカリが、転じた言葉。
メリは低い音の減(め)り、カリは高い音の上り・甲(か)り。

●「口角を柔らかくする？」…**ア・エ・イ・ウ・エ・オ・ア・オ**？

●「凍結した路面を歩くコツ？」①手ぶら。②小股。③**土踏まず**を、地面に押し付ける。

●「**付け焼刃？**」…鈍刀に鋼(はがね)の焼き刃を付けたしたもの。
一時しのぎの技術のこと。

●「**入れ知恵？**」…悪いことを吹き込むこと。

●「ポチ袋？」…**これっぽっち**のポチ。

●「アウトロー？」…無法者、はみだし野郎。

●「ナイスショットに出会ったら？」…**心のシャッター**を切ろう。

●「**ハトシ？**」…食パンの間にエビなどのすり身をはさんで、油で揚げた料理。長崎県の名物である。

R4.1.12

MCの決め手は？…回しである！

●「幸せの青い卵？」

南米チリ原産のニワトリのアローカナの卵（薄水色）。

●「バイト語？」…①〇〇になります。

②〇〇のほう、伺ってよろしいですか？

③1000円から、お預かりします。

④〇〇様で、よろしかったでしょうか？

●「チェスのサイト：リーチェス？」…チェスの終盤は、エンドゲームと呼ぶ。繊細さが求められる。

●「生ハムを焼くと？」…しょっぱい普通のハムになる。

さらに燻（いぶ）すと、ウマいジャーキーになる。

ジャーキーは、肉を保存する目的で加工したもの。

塩や香辛料などを塗布して、腐敗を防いでいる。

燻煙（くんえん）されたものは、スモークジャーキー。

●「本の出版？」…①編集者がつく。②ページ数は16の倍数。208ページが多い。③作家は著作権を得て、出版社は出版権を得る。１作目で、勝負が決まる。

R4.1.12

エレガントな女性を？…演出する！

●「素敵な女性は？」…ハンカチを、２枚持つ。
●「同じ靴は、続けて２日履かない？」…靴も、休ませる。
●「住所は聞かずに？」…『お近くですか？』と訪ねる。
●「クロスの法則？」…イヤリングは、反対の手ではずす。
●「自然で美しいウォーキング？」…つま先から伸びる、平行な２本の線を想定し、その上をスッスッと足を運ぶ。
●「物を拾うとき？」…脚を前後にずらし、背筋を伸ばしたままスッと腰を落とす。

R4.1.12

虱（しらみ）潰しに？…つまり、徹底的に！

●「哲学者カント？」…美と崇高との感情性に関する観察。純粋理性批判。
●「カッテージチーズ？」…牛乳500cc、レモン汁大さじ２杯。牛乳を沸騰（ふっとう）直前まで加熱し、レモン汁を入れる。
●「紅茶とタバコは？」…頭脳の活性化。
●「黒パンは？」…ライ麦パン。
●「ビールは滋養分が多く、腹が張るから食べ物ですよ？」

…赤葡萄酒のメドックが、あっさりしている。

●「チーズの栄養は？」…頭に良い。

●「八重山のイグアナ？」…ゼウス、さらにスーパーゼウス。

●「滑稽（こっけい）なひとは？」…もう、コケッコー！

●「勝ち馬に乗る？」…バンドワゴンに乗る（時流に乗ること）。バンドワゴンとは、行列の先頭を行く楽隊車。

●「ピスタチオの産地？」…イランと米国。

●「現状と目標の間が？」…課題！

●「理路整然？」…物事の道理や話の筋道が、整っている様子。

R4.1.13

レディのたしなみ？…食事編！

●「レストランの華席（はなせき）？」…最も素敵な客が、案内される席。レディは、**バッグを離さない**。テーブルに、**バッグや財布・携帯を置かない**。

●「遠くから会計を伝えるときは？」…**ペンでサインする仕草をする**。

R4.1.16

若者が育ってゆく？…その姿に感銘する！

●「やかんの麦茶？」…香ばしい。

●「話の３原則？」…①楽しいこと。②オシャレなこと。③ためになること。すべてキャッチボールが大切です。

●「冬場は、身体作り？」…ゴツい身体＋脚力＝柔らかさとバネ。

●「フリース？」…本来は、羊一頭から取れるつながった羊毛。今は、起毛加工されたポリエステル。

●「ボア？」…羊の毛のようにモコモコした生地。
フリースよりも、毛足が長い。ボアの語源は、木にまとわりつくヘビ。

●「レーヨン？」…シルクに似て、さらりとしている。

●「ポリエステル？」…コットンライクの化学繊維（強度が強い）。

●「ポリウレタン？」…ゴムのように伸縮する繊維。
ゴムよりも、老化しにくい。

●「プリーツ？」…加工により、意図的につけられた強い折り目。

R4.1.16

ひとが一番幸福感を感じるのは？

…金曜日！

- 「夏休みでは？」…「その**初日**」
- 「幸福感が上がる想像？」…①今年、起こってほしいこと。②やりたいこと。③達成したいこと（メンタルに良い影響）。
- 「共通テスト、現役志願率50％超え？」…①東京：58.2％。②広島：54.6％。③愛知：53.6％。④富山：52.3％。
- 「コーヒー？」…エチオピア原産。イエメンで栽培され、カフアと呼ばれた。食後のコーヒーは、ワインの酔いを、醒（さ）ますためだった。
- 「エナジードリンク？」…カフェイン150mg、２本が限度。
- 「彼女は、こう言う？」…**遊び終わったひとがいい。**
- 「ドラゴンボールを集めるように、いろんな長所を集めている？」…世界中に散らばった7つの球をすべて集めると、どんな願いも１つだけ叶えられる。
- 「恋の入り口は、**ノリ**が大切？」…「**はーい**」と、手を挙げよう。
- 「アメリカと中国は？」…木と鉄を、買い占めている。

R4.1.19

会食のマナーは？…日本人の、美学！

●「食事が終わったら？」…お箸は、箸袋に戻す。

●「貝の殻（から）は？」…お椀の中に入れておく。

●「輪切りのレモンは？」…料理の上に乗せ、お箸で軽く押し当てる。

●「薑（はじかみ）？」…生姜（しょうが）の新芽の酢漬け。
魚を食べ終わったあとに、柔らかい部分だけを食べる。

●「お寿司は、ひと口でいただく？」…小皿の醤油にネタをつける。ワサビも、直接ネタにつける。

R4.1.21

食べ方のマナー？…そこで、違いが出る！

●「ピザは、３点持ち？」…先端が、薬指。

●「ミルフィーユは？」…倒してから、カットする。

●「スプーンで混ぜるとき？」…回すのではなく、縦に線を描く。

R4.1.23

物知りになれば？…生き字引と呼ばれる！

- 「肺は、毛細血管から？」…酸素を吸収している。
- 「金目鯛（きんめだい）には、**歯がない？**」…**深海魚**だから。
- 「ボディビルダーの平均体温は？」…37℃以上（**基礎代謝量**が多い）。
- 「にぎり寿司のシャリ？」…人肌くらいが、丁度良い。
- 「月収25万円のサラリーマンの手取額？」…約20万円。
- 「食器を洗うとき？」…まず、**ハケ**で食べかすを落とす。しばらく水に浸けておき、スポンジの柔らかい面に洗剤をつけて、不織布（ふしょくふ）面で洗う（不織布：繊維を織らずに絡ませたもの）。
- 「紅茶は？」…まず、ストレートで味わう。
- 「ひとりでも？」…いただきますが言える。
- 「一緒に仕事をしたくない人？」…①仕事が遅いひと。②仕事が雑なひと。③自分勝手なひと。
- 「**命を懸けるもの**が？」…ひとには必要である。

R4.1.24

アイデアは？…考えて、浮かぶものじゃない！

●「**芥川賞？**」…純文学。**新人作家の登竜門**。
純文学は、**芸術性と形式**を重んじる小説で、**文章の美しさや表現方法の多彩さ**がポイント！

●「**直木賞？**」…**大衆小説**。主に中堅作家に与えられる。
大衆小説は、**娯楽性**と**商業性**を重んじる小説で、読んで楽しい。

●「共に、年２回、１月と7月に選考され、正賞は、100万円と懐中時計」。創設者は、共に**菊池寛**である。

●「**自然薯**（じねんじょ）？」…山いも（正式にはヤマノイモ）と同じこと。

●「**ビオトープ？**」…生物群集の生息空間。

●「お前は俺の、**Little Bro**？」…弟的存在。

●「お母さんには、部屋がない？」…**家全体**が、自分の部屋でしょ。

●「脂肪は、**借金**と同じ？」…早く、返しなさい。

R4.1.27

パッチをはいているようでは？

…女の子にもてない！

●「男は、**熱い心**で？」…女を温めるものさ。

●「ツーブロックは？」…ヘアスタイルの名前ではない。**カットの技法**である。清潔感で勝負。

●「PETボトルの原料は？」…石油から作られる。ポリ・エチレン・テレフタレートと呼ばれる樹脂である。

●「踵(きびす)を返す？」…かかとの向きを変える。

●「お寿司は？」…さっぱりした、コハダから注文する。

●「お線香の火は？」…手で仰いで消す。

●「初対面の方に話しかける言葉？」
「**ご挨拶させていただいて、よろしいですか**」。

●「手土産は？」…玄関では、袋から出してお渡しする。

●「パーマをかけずに、**外ハネ？**」…切りっぱなしボブか、レイヤーカット。

R4.1.29

脳を活性化すると？…アイデアと知恵の宝庫！

●「**継続は命？**」…心と身体と頭のトレーニング。

３日続ければ、きっと見違える。考えることより、**気づくこと**が大切である。

- 「相撲の土俵は、左が東？」…番付は半枚上である。
  太陽は、東から登って西に沈むから。
- 「音符の、おたまじゃくし?」…たま・ぼう・はたの３つでできている。３連符は、２拍３連と１拍３連が多いね。
- 「ファビュラス？」…信じられないほど、素晴らしい。
- 「メタバース？」…コンピュータネットワークの中に構築された、現実世界とは異なる3次元の仮想空間。
- 「年賀状を書いた枚数？」…１～10枚：20%で一番多い。
  50枚以上書いたひとは、何と５％に減っている。
  １月は行く！　２月は逃げる！　３月は去る！
  ４月は死ぬほど長い！

〜〜〜〜〜〜〜〜〜〜〜〜〜〜〜〜〜〜〜〜〜〜〜〜〜〜〜〜〜〜 R4.1.30

情報は錯綜する？

…風の噂は当てにはならない！

- 「物の変化は？」…**頭で、反応**するもの。
  「感情の動きは？」…**心で、受け取る**もの。
- 「サブスク？」…サブスクリプション。
  商品やサービスを、一定期間定額で利用できる。

●「ドクターフィッシュ？」…人間の皮膚の、角質を食べる。美容と健康に効果あり。トルコやイランの河川に生息。

●「書道の特待生？」…学童（中学生以下）の優良者である。師範は、社会人部門の指導者である。書道の流派は、現在は９つに分類されている。

●「ズワイガニは３種類？」…①**松葉ガニ**：鳥取、島根周辺。②**越前ガニ**：福井県。③**加能ガニ**：石川県、加賀から能登半島。

●「フランスの宰相リシュリュー？」…ナイフの先を丸くする。歯の隙間を、掃除させないため。

●「ティラミス？」…**ココアパウダー**が決め手。

●「シャンプーは、マイナスイオン？」…髪の汚れと、結合する。「リンスは、プラスイオン？」…髪に**油分**を与える（**髪があるひと**）？

R4.1.30

挨拶の心を知る？…真実は歴史から学ぶ！

●「おはようございます？」…語源は、**歌舞伎**。
お早いお着きでございます？…基本は、**10時半**まで。
テレビ業界などは、一日中、おはようございます。
一日の、始まりの挨拶である。

●「こんにちは？」…今日は一段と、ご機嫌がよろしいですね。「こんばんは？」…今晩は、早くお越しくださいました。

●「挨拶の、挨？」…心を、開く。
「挨拶の、拶？」…相手に、迫る。

●「日本の挨拶は？」…フランク（ざっくばらん）ではない。「英語の挨拶は？」…ハロー（Hello）、ハイ（Hi）、おはよう（Morning）。美を求める日本人は、気軽な友好関係は苦手なもの。

●「日本人は、作法にこだわる？」…これは、マナーとは異なる。**マナー**？…行儀と同じである（**相手のため**）。**作法**？…美しい振る舞い（**自分のため**）。

●「日本人に欠けるのは？」…イージー（気軽）な付き合い。根本に、日本人のプライドの高さが見え隠れする。

〰〰〰〰〰〰〰〰〰〰〰〰〰〰〰〰〰〰〰〰 R4.1.31

究極の技？…これは、科学である！

●「1カラット？」…**0.2グラム**。全反射、カット技術？…アイディアリープロポーション。ダイヤの中に、8本の矢。インターナリーフローレンスDカラー。IFトリプルエクセレント。

●「盆栽は？」…①**枝順**。②**根張り**。③**立ち上がり**。

枝順？…左右交互に枝がある。利き枝と受け枝もある。

根張り？…根が、八方に張っている。

立ち上がり？…幹の生え方が、くねりとしぼり。

●「頭のいい子に育てる？」…子供に向けて話しかける、**言葉の量が決め手**。最強の幼児教育？…絵本の、**読み聞かせ**。**質問**をしながら？…**会話**のキャッチボール。

●「夜中の覚醒？」…決定的な、うつ状態。

真面目な人に、よく現れる。いらない情報を削除して、ひとに好かれようと思わない。

●「ひとは、**祈る**ことで？」…成功に、近づける。

一歩先の目的を、はっきりさせよう。

R4.2.2

親子丼は、鳥肉？…他人丼は、牛肉か豚肉

●「日本の賃金は？」…G7の最下位どころか、韓国よりも低い。10年も経たないうちに、先進国からはずれるかもしれない。G7は、カナダ、フランス、ドイツ、イタリア、日本、英国、米国。

●「幸福度ランキング？」…①福井県。②富山県。③石川県。北陸３県には、**満たされ感**があるようですね。

●「日本酒の蔵元？」…醸造品の製造元であり、オーナー家を指す。夏でも適当な冷気と湿度を必要とし、土蔵が必要である。杜氏（とうじ）は、日本酒の醸造工程を行う職人。蔵人（くらびと）は、杜氏と呼ばれる最高責任者のもと、日本酒作りに従事する人を指す。三役は、①頭、②麹師、③もと廻りに分かれる。

●「今年の恵方は？」…北北西。

●「脳は、**時間**と**主語**を特定できない？」
ひとが幸福になるのを見れば、自分も幸せを感じる。

●「嫌われてもいいが？」…**敬意**を失うと、指導者失格である。

R4.2.5

答えが分かっていても？

…すぐに、言ってはいけない！

●「**おしゃまさん？**」…女の子が人前をはばからないで、ませた振る舞い。「**コケティッシュ？**」…女性らしい美しさや色っぽさがある。男の気をそそる様子。
「**お茶目？**」…無邪気で子どもっぽい。

●「源頼朝や平清盛は？」…姓と名の間に、（の）が入る。源や平は、天皇から授かった**氏**（うじ）である。普通の姓は、**苗**（みょう）

字(じ)であり、地名などから取っている。だから、(の)はつかない。

●「天才は、何でも自分の手で作る?」
賢いよりも、**優しい方が難しい**。ズバ抜けて優秀な人は、自分の**盲点**を意識している。

●「中学受験、女子御三家?」…①桜蔭(おういん)…勤勉。②女子学院…自由闊達。③「雙(ふた)葉(ば)」…規律。
「男子御三家?」…①麻布…自由闊達。②開成…質実剛健。③武蔵…自由でユニーク。

●「クアッドアクセル?」…アクセルジャンプは、**前向き**に跳ぶ。

R4.2.7

Khaos(カオス)?(ギリシャ語)

…宇宙ができ上がる以前の、順序や決まりがない状態

●「若者言葉のカオス?」…規則性がなく、ごちゃごちゃしたこと。
「**カオスすぎる?**」…滅茶苦茶な、状況や状態。
「**まじカオス?**」…非常に複雑な、状況や状態。

●「**矜持**(きょうじ)?」…誇りを持つ。
「**忸怩**(じくじ)たる思い?」…恥じ入る気持ちに、駆られること。

「**慚愧**（ざんぎ）に堪えない？」…遺憾の意。

●「**ぼっかけ？**」…神戸長田のスジコン。

「**にくてん？**」…高砂のお好み焼き。じゃがいもが隠し味。

●「日本の味噌汁、３つの傾向？」

①味噌は？…**合わせ味噌**、75％。

②出汁（だし）は？…**かつお節**、40％。

③具は？…**わかめと豆腐**が、No.1。

●「熱伝導率？」…均一に早く温める。

①カーボンナノチューブ。②ダイヤモンド。③銀。④銅。⑤金。鉄は、8番目ですよ。だから、たこ焼きは、鉄板より**銅板**が合う。

R4.2.8

神戸の須磨の物語？…行平鍋が、雪平鍋に

●「日本の三大名瀑（めいばく）？」…①和歌山熊野の、**那智**の滝。②栃木日光の、**華厳**（けごん）ノ滝。③茨城の、**袋田**の滝。

●「臆病者は、手をこまねく？」…小心者は、指をくわえる。見てるだけでは、つまらない。

●「チャンピオンになることより？」…自分自身に打ち克つこと。

●「花札の、**猪鹿蝶？**」…萩にいのしし、紅葉に鹿、牡丹に蝶。10点札３枚を揃えた役である。

●「**梅に、鶯（うぐいす）？**」…仲が良く、とてもお似合い。
①梅の花弁は丸い。②梅の花は緑色の軸がなく、枝にへばりつくように咲く。③同じ付け根から、１輪の花しか咲かない。

●「台湾には、富士山よりも高い山がある？」…その名は、玉山（ぎょくざん）。中国は、アジアの制空権を狙っている。

●「本命が失速している北京オリンピック？」
中国という環境に、馴染めていないのかも。

R4.2.9

ネイティブ発音？…会話は、４パターン！

●「説明するとき？」…**That's because**で話し始める。
「感情表現？」…**That's**または**It's**で話し始める。
「例を挙げる？」…**Like**で話し始める。
「エピソード？」…**Actually**で話し始める。

●「**バイリンガル？**」…２言語を、自由に使いこなすひと。
「フレーズの基本は？」…30個。「May I help you ？」…どうしました？　「I know there.」…分かりますよ。身近な言葉をgetしよう。

●「**エアボード？**」…スイス発祥の雪上のボード。
頭を前にして、滑り降りる。

●「**アイスクライミング？**」…両手に、**アックス**を持つ。
靴は、**アイゼン**（爪）になっている。
●「**BMX**フラットランド？」…年齢制限がない。
パークとストリートがある。
戦い済んで日が暮れる。夕陽っていいもんだな。

R4.2.10

怒りを鎮める秘技？…それは、据え直し

●「目の前にある現象を**見つめ直し**、見方や考え方を変える？」…**再定義**する。**何だ、そういうことだったのね。**
●「**一人称？**」…今、私はどう感じているか？
「**三人称？**」…今、彼・彼女はどう感じているか？
物事を、**広い角度**で見る。それが、三人称。
●「脳は、１時間当たり、４～5gのブドウ糖を必要とする？」…ラムネは、１本あたり、約29g入っている。
●「沙羅、絶望しない限り？」…君の希望は、失われない。
●「**守るものがある人間**と、**失うものが何もない人間？**」
どちらが、強くいられるのか。もちろん、**捨て身の人間**が強いよね。
●「信用を失うひと？」…御免こうむりたい。
①時間・お金・約束にルーズ。②嘘をつく。③ひとの悪

口を言う。近づけると、自分の株も落ちる。

●「本を読まない人は、ひとの話が聴けない？」
それは、心が開いていないから。もっと、**好きを探そうよ。**

〜〜 R4.2.13

負けることに慣れてしまうと？

… 成長は、止まる！

●「珍しい名字？」…①美奈井（兵庫県）。②杉屋敷（岩手県）。③家花（広島県）。すべて10人しかいない。

●「**江戸切子？**」…東京で生産されている、切子加工されたガラス製品。米つなぎは、手作業で256個つないでいる。

●「**和柄？**」…①麻の葉つなぎ（麻は４カ月で４ｍ伸びる）。②七宝（しっぽう）つなぎ。③市松模様。④青海波（せいがい）。⑤波千鳥。⑥鱗文様。⑦紗綾（さや）形。⑧唐草。⑨亀甲（きっこう）。⑩矢絣（やがすり）。

●**べっぴん**には、つい見とれてしまう。**キュート**な娘には、キュンとする。**色可愛い**と、抱きしめたくなる。

●「俺の愛する女の条件は？」…俺の**敵**（**ライバル**）であること！

R4.2.14

チョコをもらう秘訣は？

…チョコチョコすること

●「普段からの、**小まめな気配り？**」…女性の**母性**をくすぐる。「しゃあないな？」…つまりは、子どもになること。そしてそれは、**処世を生き抜く**術でもある。

●「**おっちょこちょい？**」…これは、別物だよね。

①「おっ？」…驚いたときの感動詞。

②「ちょこ？」…ちょこちょこの、ちょこ。

③「ちょい？」…ちょいとの、ちょい。

●「目が覚める？」…①眠りから覚める。②**迷いがなくなる**。「起きる？」…①眠りから覚める。②寝た状態のものが立ち上がる。③眠らずにいる。④**出来事が発生する**（４つの意味がある）。眠りから覚めるのみ、共通の意味になります。

●「ひとを、動かせるコツ？」…①まず、見本を見せる。②いつも、**意識している**。③**タイミング**の良い、アドバイス。

チョコは少しがいい？

…いっぱいなら、チョコっとじゃない

●「チョコレートの語源は？」…メキシコインディオの、**苦い水**。イギリス人が、固形のチョコレートを考案した。カカオの種子を発酵・焙煎した、**カカオマス**を主原料としている。

米国では今でも、ホットチョコレートは**ホットココア**。

●「心には、**柔らかい部分**と**硬い部分**がある？」

誰の心の中にも、**憧れの土地**がある。

夢と希望？…そこから、**闘志**が芽生えてくる。

●「イベントは、必ず**振り返り**が必要。」

●「あっ、雪だ？」…「雪の種類は？」（普通の雪は、灰雪ですよ）。①**細雪**（ささめゆき）？…細やかに、まばらに降る雪。②**粉雪**（こな）？…粉のように、さらさらとした細かい雪。③**粒雪**（つぶ）？…粒になって降り、積もる。④**灰雪**（はい）？…灰が降っているかのように、ひらひら舞い落ちる。⑤**牡丹雪**（ぼたん）？…雪の結晶が集まって、ぼたんの花のよう。⑥**綿雪**（わた）？…綿をちぎったような大きな雪。⑦**水雪**？…水分が多く、みぞれみたいな雪。

R4.2.18

ふたりで夕陽を？…いつまでも、離れたくない

●「**夕陽絶景ベスト5？**」…①父母の浜（香川県）。②ゴジラ岩（秋田県）。③砂山ビーチ（沖縄県）。④笹川流れ（新潟県）。⑤石見畳ヶ浦（島根県）。

●「和歌山県の白浜沖に？」…満月を意味する、**円月島**がある。

●「どうやったら女の子にモテるのか？」…死ぬまで考え続けたい。

●「風が、鳴いている？」…ピュー、ピュー。
「風が、身に沁みる？」…ビュー、ビュー。
「風が、突き刺さる？」…ビュビュビュー。

●「世界三大料理？」…①中国料理。②フランス料理。③トルコ料理。**トルコ料理**は、オリーブ油と香辛料、羊肉、小麦粉と米の両方を使う。

●「朝鮮三大料理？」…①「全州（チョンジュ）の**ビビンバ**」。②「平壌（ピョンヤン）の**冷麺**」。③「開城（ケソン）の**湯飯（タンパン）**」

●「2月17日の満月は？」…スノームーン。

●「クッパ？」…ククがスープで、バプは飯。
①ジャンクッパ：しょうゆ味。②スンデクッパ：ソーセージ。③デジクッパ：豚肉。④コンナムルクッパ：モ

ヤシのナムル。

R4.2.19

厄年は実は役年？…責任を与えられる年！

- 「**男の厄年？**」…①25歳：結婚。②42歳：仕事や地域の役職に就く。③61歳：長老として、信望を得る。
  「**女の厄年？**」…①19歳：結婚、出産。②33歳：嫁から母の立場に。③37歳：しゃもじ（へら）渡し、家事を仕切る立場に。
- 「**渡り鳥？**」…①夏鳥。②旅鳥。③冬鳥。**V字飛行**で、エネルギーの節約（one for all all for one)。
- 「**えくぼ**の種類？」…①縦えくぼ。②口角えくぼ。③泣きえくぼ。
- 「**カフェオレ**（フランス）？」…ドリップコーヒー。ミルク50％。
  「**カフェラテ**（イタリア）？」…エスプレッソコーヒー。ミルク80％。
- 「**ベサメムーチョ**（スペイン語）？」…ベサメは口づけ、ムーチョは一杯。
- 「牛乳瓶のフタが？」…ガチャ（カプセルトイ）に！　人気上昇中。

●「頭を下げた回数だけ？」…**実り**が生まれる。

●「**第 3 のルーティーン？**」…仕事と家庭以外の、ルーティーン。これがあるひとは、**明日の扉**が開く。

R4.2.20

自分のチームが？…ほしいんだよね！

●「**選手**であることと、**指導者**であることは？」…根本的に、異なる。

●「腹式呼吸を使って？」…**音を縦に**揺らして発声する。

●「すべてのアスリートは？」…お互いを、尊重しなければならない。

●「お風呂上がりの、かゆみ防止？」…かけばかくほど、かゆくなる。①お湯の温度は？…ぬるめにする。②身体は、泡で？…優しく洗う。③お風呂上がりの？…保湿ケア。化粧水で水分を与え、油分のある保湿剤やクリームで膜を作る。保湿剤は、セラミド、ヒアルロン酸、アミノ酸が入ったもの。

●「ひふみんアイ👁？」…相手側から、局面を見つめてみること。

●「空気を読む？」…顔の表情筋には、**反射**と**理性**の間に0.2秒。本音の表情？…①怒り。②軽蔑。③嫌悪。④恐怖。⑤喜び。⑥悲しみ。⑦驚き（7つの表情がある）。
反射的に0.2秒間、本音の表情が出る。
それを見逃さないのが、空気を読むということである。

〰〰〰〰〰〰〰〰〰〰〰〰〰〰〰〰〰〰〰〰 R4.2.23

柵(しがらみ)は？…川の流れを、堰(せ)き止める！

●「やりたいことに、歯止めがかかること？」
しがらみに、愛想(あいそ)をつかす。走りたいのに、走れない？…**恋のしがらみ**。
●「策士(さくし)、策に溺(おぼ)れる？」…**作戦**だけでは、勝利は得られない。一番大切なのは、**言葉**。心がつながっているから、**素敵**な言葉が生まれる。
●「あなたは、**欲張り**ですか？」
実はみんな、欲張りなんです。分け合えれば、花が咲くでしょう。
●「気合いと根性は、全く違うものですよ？」
根性は、根気強く粘り抜くこと。**気合い**は、一瞬で決着をつけること。チャンスを逃さない気合いこそ、身につけたいことですね。
●「あの娘の気持ちが？」…ちょっと、気にかかる。
囁(ささや)き言葉を、投げかけてみたい。

R4.2.25

教育とは、愛そのもの？
…共に生きることである

●「愛と美の教育？」…誰も、語れる者はいない（その本質は）？①伝える。②引き出す。③楽しむ（いつもキャッチボール）。

●「あなたは、何歳に戻りたいですか？」…いや僕は、きっと振り返らない。明日を切り開く人間になる？…むしろ３年後の自分に出会ってみたい。

●「中華料理を食べたあとの？」…水がおいしい。

●「BMI ？」…身長の２乗に対する、体重の比。

●「日本三大潮流？」…①鳴門海峡。②関門海峡。③来島海峡（愛媛県）。

●「コミュニケーションには？」…**波長**が大切（合わない人もいるよね）。

●「作詞の技法？」…①韻を踏む。②倒置法。③擬人法。発想と計算に、基づいている？…数学の公式のようだね。

●「モテる男の秘訣？」…そっと、寄り添いたくなる存在感。

●「集成材？」…複数の板を結合させた人工木材（反りがない）。「無垢材？」…天然のままの木材。

●「プリン体？」…食物全般の、旨味成分（尿酸量が多いと、痛風の元)。

R4.3.2

寝る前のメールは？…おやすみのキス！

●「**ヒッヒッヒッ？**」…口角が上がり、ビブラートの練習になる。

●「偉いひとなんかに、なりたくない？」…僕は、**賢く生きていたい**。

●「**天変地異？**」…これが、地震の前兆です。椋平虹とは？

●「メールで最も大切なのは？」…**タイミング**である。

●「**紆余曲折？**」…人生、曲り道、回り道、遠回り。

●「オシャレな小鳥の、オンパレード（勢揃い）？」
①ラブバード？…コザクラインコ。②**黄色の羽**？…カナリア。③七宝鳥？…キンカチョウ。④ルリボシボタンインコ？…グラデーション。⑤オシドリ？…実は毎年、パートナーが変わる。⑥コンゴウインコ？…カラフルな羽。⑦マメルリハ？…瑠璃色の羽。⑧手乗りといえば？…文鳥。⑨セキセイインコ？…コンパニオンバード。⑩ジュウシマツ？…十姉妹、仲良しな小鳥。⑪**ヨウム**？…知能が高く、ひとと会話ができる。

R4.3.4

春を告げる魚がいる？…それが、春告魚

●兵庫県では？…イカナゴ。高知県では？…カツオ。
愛媛県では？…踊り食いのシロウオ（素魚）。東北地方では？…サクラマス。シラウオ（白魚）も、春告魚（シロウオとは異なる）。

●「飛行機の操縦の目印？」…ウェイポイント。
緯度と経度の情報の組であり、高度の情報が加わる。

●「**青ペン**書きなぐり勉強法？」…鎮静効果が、あるらしい。なぜか、青ペンで書いた方が覚えているらしい。

●「オシャレなあの人への誉め言葉？」
自分に似合うものが、よく分かっているね。

●「接客業は、真心の接し方？」…すべてはそれで決まる。
リピーターがあってこそ、常連客が増える。
みんな**人脈**を持っている。つまり、**ひとがひとを呼ぶ**。

●「世界6大マラソン？」…①ボストン。②ロンドン。③ベルリン。④シカゴ。⑤ニューヨーク。⑥東京。
春の息吹を感じてきたね。きっと奴が、**何かを始めるよ**。

R4.3.5

いざ、鎌倉？… さあ、駆け付けよう！

●「**疑心暗鬼？**」…暗鬼とは、暗闇の中にいる亡霊。

●「**本末転倒？**」…根本の大切なことと、つまらないことを取り違えること。

●「**燃え尽き症候群？**」…心と身体が、潰れてしまった状態。上がったら、必ず下がる？…これもひとつの、法則である。

●「**春眠、暁を覚えず？**」…春の夜は短い上に、気候が良くて寝心地が良い。

●「ブルースは、**歌唱？**」…「ジャズは、**演奏？**」
ブルースは、跳ねる？…ジャズは、跳ねない。
跳ねるは、歌唱用語？…馬のように、タッタ、タッタ、タッタ。

●「**カッパ軟骨？**」…胸骨先端の、柔らかな軟骨（希少部位）。

●「力を蓄えておかないと、ひとは必ず**枯渇**する？」…頂点から落ちると、心はすさんでしまう。

●「上司に逆らうと、**報復措置**を食らう？」…逆らったことがない人間は、逆らうことを許さない。

●「**飛鳥の蘇？**」…古代から伝わるチーズ、牛乳から作った幻の乳製品。

●「**ミモザ**の花言葉？」…感謝・友情・エレガンス・密かな愛。

R4.3.10

ひとは桜と同じ？… まずは、三分咲き！

●「**五分咲き**の可憐さ？」…**七分咲き**の切れ味（最後は、満開の煌(きら)びやか）。

●「いぶし銀は？」…**枯れた味**で、勝負する。
誰にもできない一味を、いつも探している。

●「束縛することによって？」…君の魅力は、かき消されてしまう。ただ君は、僕から離れられるのかい。

●「ためになる知識？」…それは**知肉**である。

●「**ラッパー**？」…リズムに合わせて、早口で喋るように歌う。

●「履歴書の用紙サイズ？」…①A4サイズ（A3二つ折り）。②B5サイズ（B4二つ折り）。指定がなければ、どちらでも良い。百均で、売っています。

●「**目が合えば**、こんにちは？」…それが、挨拶の心。

●「スパの語源？」…ラテン語で、水による治療。
現代では、温泉・プール・ジャグジー・スチームバス・エステ・マッサージ・フィットネス・ヨガの総称である。

●「**ウサギの耳**が、丁度良い？」…耳は立てるもの。

R4.3.20

賢い人は？…引きを、知っている

●「**名を雪**（すす）**ぐ？**」…実は只（ただ）者ではないことを、証明する。

●「心底男を愛した女にこそ？」…**情**が宿るもの。

●「筋が入っている？」…いざというときに、**頼り**になる存在。

●「育てるとは？」…**才能**と**変化**を、見逃さないことである。

●「リーダーの共通点？」…Independent Thinking、**自立的思考**。

●「男は、**目で勝負**する？」…そして、**声**で決める。

●「去っていく者を追っても、意味がない？」
待っている者を、迎えるべきである。

●「**色ボクロ**があるって？」…**ほの字**だよ。

●「福沢諭吉が？」…数字の３桁ずつに、カンマを入れた。

●「アーカイブ？」…データを、安全に保存する。

●「ニンニクの硫黄成分はアリシン？」…加熱すると、スルフィド。

●「**いらっしゃいませ？**」…これは、活気のあるお店の挨拶である。接客中の場合は、**目で挨拶**をする。

●「語尾のビブラートは？」…**口元**で、響かせる。

「ロングトーンは？」…**音を、前に飛ばす**。

R4.3.24

年月とともに？… 愛の表情は変わる

●「**この胸のときめき？**」…心臓が、ドキドキする（出会い)。「抑えきれないこの想い？」…離したくはない（10年)。「**ひたすらに、愛おしい？**」…君に、感謝状を贈る(30年)。

●「**ただの放任？**」…それでは、子どもは育たない。

●「挫折を知り？」…ひとは、**生きる術**を見つける。

●「アイドル的存在になっても？」…**恋のキャッチボール**は、始まらない。

●「任せるだけでは？」…**相手を潰す**ことに、なりかねない。

●「**仕掛け**は、２つある？」

①**揺さぶって**、スキを突く。②**誘いを作って**、つかまえる。

●「受け身だけでは？」…**本当の自分**を、表現することはできない。

●「1972年セイロンは？」…スリランカに改名（紅茶の産

地）。

●「しゃくりが苦手なひとは？」…顔を上げながら、半音ずりあげよう。「フォールが苦手なひとは？」…うなずきながら、半音ずり下げよう。「こぶしが苦手なひとは？」…頭を左右に振りながら、声を裏返そう。

R4.3.26

俺が、幸せに？…してやりたい！

●「それができないから？」…**幸せになってね**と祈る。

●**「私を見つけてくれて？」**…ありがとう。

●「VOCA賞？」…絵画は、物質とイメージ、思考を結びつける媒体。

●「火によって、食は変わり？」…身体も変わる（火は人間だけが使う）。

●「桃李もの言わざれども？」…下自ずから道を成す（魅力が大切）。

●「タレントは個性？」…**役者**は、多才です（表現力で勝負）。

●「**傾奇者**(かぶきもの)**？**」…ええ格好しいで、イタズラ好き。

●「**無理ゲー？**」…攻略することが、極端に難しいゲーム。

●「１円玉を作るのに？」…実は、３円かかる。

●「日本人は？」…天気予報が、大好き。

●「教育は、恋愛と同じ？」…だって、**生徒は恋人**だもん。

R4.3.29

記憶の中で？… 私に、触れてほしい

●「**共に生きる**とは？」…**手をつなぐ**こと。

●「平坦に見るのではなく？」…もっと**立体的**に、ものを見よう。

●「**好きなところ**が、３つ見つかれば？」…３分咲き。後は、満開にしてほしいと、甘えてみてはいかが。

●「夫婦円満の秘訣？」…①話を、**黙って聴く**（答えは言わない）。②**束縛はしない**。③機嫌の悪いときは、**距離を置く**。

●「本当にモテる男の条件？」…①**趣味と遊びと行動力**。②**人脈があり、夢を持つ**。③**理解力と包容力**。

●「なぜ、教師になったのか？」…①実は、寂しがり屋。②ちょっぴり、お節介。③ホンマに、ええ格好しい。

●「虎杖と書いて？」…いたどり、と読む。

●「演歌のきばりは？」…必ず、（**ん**）を入れる。

●「音程を良くする秘訣？」…**鼻歌**で、歌を歌う。

●「表現力をつける秘訣？」…①言葉に１カ所**アクセント**

をつける。②**嬉しい部分**は強く歌い、**悲しい部分**は弱く歌う。

R4.3.31

共に生きるとは？… 手をつなぐこと

●「人生を何週かしないと、分からない言葉？」
別れを決めた女は、最後にもう一度会いたがる。
記憶に残る人は。実は記録も持っている。
会わずに愛する。それは、待っているひとがいること。
●「種子島のやきいも？」…①紅はるか。②紫いも。③安納いも。
●「ノルウェーの夏は、白夜？」…冬は、オーロラ。
フィヨルドは、氷河の浸食で生まれたU字体。

R4.4.2

それは、まだ？… 流行っていない

●「話し方の、変化？」…大人っぽいのは**ため気味**に、元気良く**走り気味**に。
●「FBI ？」…アメリカの、連邦捜査局。
「CIA ？」…アメリカの、中央諜報機関。

●「ひとがやる気になり幸せを感じる、**黄金のスリーカード？**」…①**自律性**？…自分で考えて、行動したい。
②**有能感**？…自分の長所を、活かしたい。
③**関係性**？…仲間作りをしたい。

●「睡眠のサイクルは90分？」…①ノンレム睡眠（60分）は、熟睡。②レム睡眠（30分）は、眼球が動き夢を見る。

●「永遠はない？」…だけど、**永遠を求める**。

●「道に迷ったら？」…ついでに、**行先のないバス**に乗ればいい。
わからなければ、**質問すればいいんだよ**。

R4.4.6

歌があり？… そばに、君がいて

●「**トップダウン？**」…上から、指示を出す。
「**ボトムアップ？**」…みんなの、意見を聴く。
「**コラボレーション？**」…協力して、共に働く。

●「憶えた歌を？」…風に乗せよう。

●「**節目**を越えると、景色が変わってくる？」
経験と知識で、道を切り拓く。

●「ビャンビャン麺？」…中国の郷土料理。

●「やんちゃな人間は？」…**やんちゃ**という、ひとつの武器を持っている。

- 「**パセリ**（地中海原産）？」…本来は、刻んで食べるものだった。日本では、とんかつに添えた。実は、栄養満点。パセリギョーザも、おすすめです。
- 「**カラスミ？**」…ボラの卵巣を塩漬けにして、乾燥させる（唐墨）。「**明太子**（唐辛子入り）と**たらこ**？」…スケトウダラの卵を原料とする。
  数の子？…ニシンの卵巣を原料とする。

R4.4.7

プロに必要なのは？… 責任感と感謝の心

- 「**涙そうそう？**」…涙が止めどなく流れる様（沖縄の言葉）。**三線**という名の花はない？…思い出が、花のように咲く。
- 「**弁慶の泣き所？**」…向こうずね。骨の周りに、筋肉や脂肪が付いていない。
- 「今から、皆さんは**人質**です？」
  ハートを奪われて、とりこになるんです。
- 「流行っているものが、続くとは限らない？」
  ①**潮時**がある。②**引き際**が肝心。③きっぱり諦（あきら）める。
- 「時代の流れを見る？」…**タイミング**と**チャンス**。

気合いと**引き**で、**運**を引き寄せる。

●「血圧を上げる？」…悪玉コレステロール。

●「彼女からの別れの言葉？」…ただ過ぎてく思い出、そんなふうにできない。

R4.4.8

２年や３年では？… 愛を得ることはできない！

●「女は、過ちを繰り返す？」…そして男も、間違えてばかり。**青春時代**は、毎日が**出会い**と**別れ**の繰り返し。

●「アウトレットは、出口？」…キズ物、サンプル品、在庫処分。

●「会いたくなってから、会えばいい？」…関係性が築けていたら、**週１**で十分。

●「kwsk ？」…詳しくお願いします。

●「銀のロザリオ？」…カトリックの数珠（十字架付き）。

●「**恋**は、するものではなく？」…落ちるもの（fall in love）。

●「漢字のお勉強？」…①蒟蒻（こんにゃく）。②茄子（なすび）。

●「一芸は、**身を助く？**」…いつか、役に立つ。

「一芸は、**多芸に通ず？**」…同じ道のりを辿れば、別の道も究められる。**選手**であることが、１番大切なんです。

●「後生、畏（おそ）るべし？」…若者には、**２つの武器**がある。

①**元気**。②**未来**。とても、かないませんよ。

R4.4.9

プロなんだから？…出来が悪いでは、困ります

●「パンテールは？」…フランス語で豹。

●「確定申告？」…①税務署に持参。②e-Taxを利用。③郵便または信書便で郵送。④税務署の時間外収集箱に投函。e-Tax ？…国税電子申告納税システム。

●「夜の街を、徘徊する？」…①はしご酒。②河岸（かし）を変える。

●「新しいお客さんの？」…気に押される。

●「ASAP ？」…as soon as possible（なるべく早く）。

「BRB ？」…be right back（すぐ戻ります）。

「GB ？」…good bye（さようなら）。

「JK ？」…just kidding（冗談だよ）。

「OMG ？」…oh my god（何てこった）。

「ggrks ？」…ググレカス（自分で調べないひと）。

「w ？」…ワラ（笑）。「www ？」…大笑い。

「衍字（えんじ）？」…不要の字。「笑止？」…バカバカしくておかしい。

歌は世につれ、言葉も世につれる。

R4.4.14

恋の始まりは？…いつも、静かです

- 「**クラムチャウダー**は？」…２枚貝を具としたチャウダー。アメリカ東海岸の名物である。**チャウダー**は、フランス語で大鍋、煮込み。
- 「**ラッキョウ？**」…ヒマラヤ原産で、高血圧に良い。
- 「**ケイジャンチキン？**」…タバスコやチリをまぶして、焼いたチキン。
- 「**スタッカート**の対義語？」…**レガート**（**スラー**も同義語)。
- 「**こぶし？**」…感情の揺れを表現できる。
- 「MDMA ？」…PTSDの治療薬に。
  フェイズ3は、薬品の大規模な臨床試験の最終段階。
- 「**カトレア**の花言葉？」…大人の魅力、魔力。
- 「美人だからといって？」…幸せとは限らない。
- 「チューリップの原産？」…トルコのアナトリア地方。

R4.4.15

男の本音？…好きな女の子と、遊びたい！

- 「**遊んでいる？**」…実は、愛しているということ。

太陽は、燃えている。そして、**僕も燃えている。**

- 「**上を向く**とは？」…①**希望を持つ。**②**誇りを持つ。**③**責任を持つ。**
- 「ホグワーツ魔法魔術学校？」…４つの寮がある。
- 「この人の子どもは、どんなふうに育つだろう？」いい意味でも、悪い意味でも使う言葉です。
- 「窓際族から、片隅の席へ？」…実は、全体がよく見える。
- 「ひとを骨抜きにしてしまう、サンドイッチ？」…それが、グリルドチーズサンドイッチ。
- 「チューリップに適した環境？」…涼しい気候と、水はけが良く湿気がある土壌。それが、オランダである。
- 「**仕事をしている**から、**遊びが楽しい？**」…**メリハリの**あるルーティーン。

〰〰〰〰〰〰〰〰〰〰〰〰〰〰〰〰〰〰〰〰 R4.4.16

ひとの進化も？…実は、光合成である！

- 「口角を上げると？」…口の形は、**逆三角形**。前歯が少し見える。笑うと、口角が上がる。それは、自然な法則である。
- 「四大（しだい）精霊？」…①**サラマンダー**（火の妖精）。②**ウンディーネ**（水の妖精）。③**シルフ**（風の妖精）。④**ノーム**

（地の妖精）。

●「天才は、感性で決まる？」…それは、**自由な発想**である。

●「恋した日の？」…**胸騒ぎ**。

●「**モノクローム？**」…単一の色。

●「**ラナンキュラ・ラックス？**」…ラナは、カエルの足（葉の形）。淡路島で、満開。

●「**ピカタ？**」…イタリア料理に由来する、西洋料理。
日本では、豚肉に食塩・コショウで下味をつけてから小麦粉をつけ、粉チーズを混ぜた溶き卵をからませてソテーする。

●「まず、自分の**好き**を見つけよう？」
それから、２人の**好き**を見つけるんだ。

●「彼女がいない男の子にひと言？」…**モテ過ぎ**なんじゃないですか。
悲しみは繰り返してはいけない。
きっと、**喜び**に変えよう。

R4.4.17

高くジャンプするには？
…一度、ひざを曲げなければならない

●「**バットフリップ？**」…ホームランを確信したあとに、右

手でバットを、１回転半させる仕草（カッコいいよね）。

●「他の女の子を見たら？」…**減点するわよ。**

●「会話術よりも？」…**心を許せる**信頼関係（自然な日常会話）。

●「歌は、点数ではない？」…**ハートの目盛り**（キュンとくるよね）。

●「自由とは？」…**選べる**ということ（いくつかの選択肢があるということ）。「Freedom ？」…本来の自由。
「Liberty ？」…解放された自由。
悪魔の辞典には、この２つの自由を獲得したひとを見たことがないとある。

●「**若者**から学ぶこと？」…ひとつは、流行である。それは文化である。

●「別れた人を、追ってはいけない？」。
巡り逢い再び？…あるかもしれない。**心の矢**の指す方向に、目を向ける。

●「若者は、失敗を恐れるな？」…**失敗こそが**、まさに経験である。
物を片づけると、心も整理される。
そして、**アイデア**が生まれる。

R4.4.23

彼女の輝きは？…ハンパではない

●「爽やかな男は？」…終わったことを悔やまない（**カッコいいよね**）。

●「速い直球は？」…ボールを上から叩く（**斜め45度**）？

●「**パリピ？**」…パーティーピープル。パーティーが大好きな人々。

●「神々しい？」…神聖で尊い。

●「女を見たら、愛していると**囁く？**」…男は、それでいい。

●「読書は、**眠りに落ちる流れ**に組み込まれている」（ビル・ゲイツ）。**6分間**の読書で、心拍数の減少や筋肉の緊張緩和の効果。

●「**ラッシー？**」…インド料理の飲料（ヨーグルトと牛乳）。

「**チャイ？**」…これは、ミルクティー。

「**世界三大銘茶は？**」…①インドのダージリン。②スリランカのウバ。③中国のキーマン。

●「アバター？」…インターネット上で、自分の分身のキャラクター。

●「**月が綺麗ですね？**」…夏目漱石が、I love youの代わりに使った言葉。

●「**見ヶ〆**料？」…用心棒代、場所代（ショバ代）。

毎月3日に締める？…一軒当たり、月5万円。
イタリアでは、シチリアのマフィアが仕切っているようです。

R4.4.24

きっと明日も？…月が綺麗ですね！

●「**僕の彼女です**と紹介できたなら？」…**どんなに幸せだろう。**
●「**愛してる**と言われたら？」…①**知ってる。**②**私も。**③**幸せです。**④**明日もね**（もう、離れられない）。
●「シングルモルトウィスキー？」…１つの蒸留所、大麦の麦芽。「グレーンウィスキー？」…トウモロコシと小麦。「ブレンデッドウィスキー？」…モルトとグレーンの混ぜ合わせ。
●「料理を手抜くなら？」…作らない方がまし。
●「夫婦円満の秘訣は？」…一緒にいないことです。
●「ツチノコ？」…ヘビのような姿で、頭が大きく胴体が太く体長が短い。
●「西陣織？」…京都府京都市の織物で、応仁の乱の西軍の陣地であった。
●「サバ缶？」…ナイジェリアで流行。対馬海峡産が美味しい。

●「お勧めカクテル？」…①**ホワイトレディ**（貴婦人の美しさ)。②**ギムレット**（英国生まれの名作)。③**マティーニ**（カクテルの王様)。④**モヒート**（ミントの清涼感)。⑤**モスコミュール**（夏が似合う)。⑥**マルガリータ**（上品なメキシカン)。⑦**サイドカー**（シェイクだね)。
薄暮の街。やがて、**夜が来る**。

〜〜 R4.4.26

いつまでも？…色つきの女性でいてね

●「思い立ったら？」…明日へ向かって、出発です。

●「君の笑顔が？」…最高のプレゼント（ありがとう)。

●「**心**が潤っていないと？」…良い歌は、歌えない。

●「**気**の合う仲間と、**波長**の合う連中？」
心豊かなひとは、いろんな手をつなぐ。

●「**食わず嫌い**は、NG？」…まず、やってみる。
楽しくなくても、親しめばいい。

●「**束縛**はNG、**疑い**もNG？」
いつも、想像している。例えるなら、**背中**がひっついている。

●「今日は、誰とどんな話を？」…**素敵な会話**が、できたらいいな。**自由**を楽しめている人に、**幸運**が舞い降りる。

●「世の中には、**不思議**がある？」…誰にも分からないことがある。謎は、解けるとは限らない。

〜〜〜〜〜〜〜〜〜〜〜〜〜〜〜〜〜〜〜〜〜〜〜〜〜〜〜〜〜〜〜 R4.4.30

ねぇ、チャーリー？…こっち向いて

●「チャーリーおじさん？」…誰も見たことがない。
気づいたら、メッセージが置いてある。みんなの長所を、引き出すために。

●「ちょっぴり、意味深な話？」
ちょこっと、エッチな話。かなり、危ない話。

●「有名になんてならない方が良い？」
だって、街を歩けないじゃん。

●「きっと、あなたの心に住んでいる？」…一心同体。

●「花の可憐さに気づくと？」…女の子の、素敵なところが見えてくる。

●「チャーリーの探し物は？」…①できること。②好きなもの。③ほしいもの。

●「つらいときに、忘れてはならないこと？」…①笑顔。②休む。③感謝の心。愛で、ひとに接する。
結果より重要なことがある。

それが**息吹**である。

R4.5.4

俺は知っている？…君は強いオンナではない

●「いい仕事ができるひとは？」…**遊びの部分**を持っている。ひとのためになれるひとは、きっと大らかである。

●「いつも目の前に浮かぶ？」…だから**糸**が、つながっている。

●「何でも、ひとに運んでもらう？」…すでに君は、**振り袖予備軍**。

●「SNSで知り合った、**どストライク？**」…近い将来、**場外**へ。

●「嫁さんの、**背中**ばかりをマッサージ？」
ちょこっと、間違えてない？
Aの血はかまって欲しい。
Bの血は自由にさせて。

R4.5.6

貯めておかないと？…間に合わない

●「時が来たら、きっと忙しくなる？」…しっかり準備しよう。

●「世界最大の航空機ムリーヤ、破壊される？」…まさに地獄。

●「リアルタイムで、成長を伝える？」…できるようになったよ。

●「そんなこと、メールで言うことじゃない？」…あるよね。

●「強烈な一発？」…これって、求めていたもの。目が覚めちゃった。

●「楽しいと思えるタイミングを、待ちなさい？」…メリハリだよね。

●「美空ひばりは言った？」…本当につらいときは、悲しい歌は歌えない。楽しい時に、悲しかった頃を思い出す。

●「君が笑っているところを、めったに見ない？」
未来を、見つけてほしい。未来は、ひとつあればいい。

●「プロは、自分の時間を持っている？」
天才は、ふたりの時間より、自分の時間を大切にする。
エジソンは言った？…向こうは美しい。

●「BMXの大技？」…720キャンキャン。

まだ生まれていない子どもに、歌を聴かせたい。

R4.5.7

好きな曲を歌って？

…あの頃を思い出している

●「ダンチョネ節？」…神奈川県の民謡。

●「時が来たら解決する？」…そういう問題じゃない。
その件は、一切君に任せてある。

●「ひと前で歌うことが？」…本当の表現力である。

●「ドイツ製の良品？」…カメラと家電。掃除機が丈夫。
包丁もいいね。でもやっぱり、スポーツカーだよね。

●「彼女に、遊びを教えてはいけない？」…別れたあとに、
ひとりでするようになる。
自分を知っているひとは、自分に似合うものが分かる。

R4.5.9

ニュアンスとは？

…ごくわずかでありながら、相当な違い！

●「**アンニュイ？**」…フランス語で、倦怠感。
「**モチーフ？**」…フランス語で、主題。

●「今年は、寒いね？」…原因は、北極海の氷の減少。

●「タ・チ・ツ・テ・ト・？」…**語尾を止める**と、腹式呼吸。

●「パチンコ必勝法？」…良い台を打つ（以上）。

●「**意識**が高い人は？」…常に、手帳とペンを持つ。

●「ひとの長所がわかるひとは？」…**想像力**に長けている。

●「レベルが高くなると？」…**ラベル**が貼られる。

新緑：**常緑樹**は４～６月、**落葉樹**は３～５月がシーズンです。

R4.5.14

たったひとつのアドバイスで？

…状況は、一変する！

●「少し距離を、縮めてみようか？」…だけど、近すぎたら少し息苦しい。

●「そらまめは、中国の豆板醤の原料である？」…空に向かって、さやが伸びている。

●「腹筋を使って、語尾を止めると？」…オシャレなビブラートがかかる。

●「君のことだから？」…来週の予定ぐらいは、とっくに立っているよね。

●「将棋の駒の並べ方には？」…大橋流と伊藤流がある。

●「イデア論？」…イデアとは、アイデアつまり概念のこと。プラトンは、最上のイデアは、神でも愛でもなく善と捉えた。

●「ジョン・コルトレーン？」…アメリカの、ジャズ・サクソフォーン奏者。

●「明日できることは？」…今日はしない。

●「唾(つば)が飛んだら？」…オシャレな歌唱ではない。

●「大切なものを壊したら？」…誠意ある対応をしなければならない。

●「初物の披露には？」…テープカットがいい。

お前と会えないと、心にすきま風が吹く。

男とは、そういう生き物。

R4.5.15

男の最高の喜びは？…女性を、育てること

●「MK5 ？」…マジで切れる、5秒前。

「チョベリグ？」…超ベリーグッド。

「KSK ？」…結婚してください。

「ヲトメ電波？」…カップルになりそうな雰囲気を醸(かも)し出している。

●「世界三大ブルーチーズ？」…青カビチーズ。

①イタリアのゴルゴンゾーラ。②イギリスのスティルトン。③フランスのロックフォール。チーズの青カビの正

体は、ペニシリウムといい身体に害はない。

●「相撲の行司の最高位は、立(たて)行司？」

木村庄之助と式守伊之助？…判定は行うが、審判ではない。審判部からの、物言いがつく。

●「アバターとは？」…分身である。

●「何事も、やってみないと分からない？」…ただし、感触は大切。

〜〜〜〜〜〜〜〜〜〜〜〜〜〜〜〜〜〜〜〜〜〜〜〜 R4.5.17

朝、一緒にいられる？…これが、最高の幸せ

●「午後８時頃の？」…表情が、素敵。

●「想像できない数字を？」…狙っている。

●「今日は、どの靴下をはいて？」…どの靴で、出かけようか。

●「思い出して、叫びたいことがあれば？」…斜め上方に飛ばせ。

●「AB型は？」…芸術家に多い。

「O型は？」…ひとの上に立つ社長に多い。

日本人は、４つの血液型の調和でバランスが保たれている。

●「ご飯から食べたくなる？」…こんなご飯って最高。

●「兵庫県明石市の０〜18歳？」…医療費無料（人口急増中）。

R4.5.18

肩に寄り添うように？

…それが、バラードの歌い方

●「プロになると？」…セオリーが身について、自由を見失うことがある。

●「若者よ、足元を固めてから身を固めよ？」
一人前になってから、素敵な女の子を迎えに行きなさい。夢が語れるようになれば、一人前である。

●「一流の作曲家のメロディーは？」…聴かせどころが、計算されている。

●「上手を超えれば、とても上手？」…その上が、ずば抜けて上手。目標は、とても上手を通り越すこと。

●「クラフトビール？」…小規模な醸造所が作る、多様で個性的なビール。

●「若くして、癌(がん)になると？」…進行が速い。

●「料理やプレゼントは？」…手をかけたものが、一級品である。相手を想像していれば、渡すタイミングが見えるはず。

R4.5.23

子どものおもちゃを？…奪ってはいけない

●「学校の勉強より？」…実は、ゲーム攻略が難しい。
興味のあることは、飽きるまでやらせてあげなさい。
飽きたら、新しいおもちゃを与えてみる。
勉強なんて、やる気になればすぐに出来るもの。

●「年金を、月30万円もらうには？」…年収が、約1200万円必要です。

●「チャールストン？」…膝を閉じて、つま先体重で足を跳ねるダンス。

●「ゴミ箱を空にする？」…頭の中を、空にしたいから。

●「相手の話が聴き取れなかったとき、あなたはどうしますか？」
①黙って相づちを打って、話を続けてもらう。
②もう一度お願いしますと、聞き返す。
重要なお話なら、もちろん聞き返すけど……。
日本人の会話って、アクセントがないからほんと聞こえにくいんだ。

●「日本にだけ、３種類の文字がある？」…漢字・カタカナ・ひらがな。
日本語は、ひらがなを中心に構成されている。

それは愛が、あで始まって、いで終わっているから。

ありがとうが、あで始まって、うで終わっているから。

あとがき

R4.7.22

初版を書き終えて、今は爽快感に浸っています。この本は、実は3歳から80歳までを対象に書いています。子供には、少し刺激的な文章もありますが、読み流してくださいね。関西人のノリがかなり入っており、女性読者には読みづらい部分もあるかもしれません。ただ、それが人生の神髄に関わっていると思っています。後半は、原稿を割愛して作成したので、日付が飛び飛びになっているのをお許しください。必ず、読者の未来に参考にできる内容だと確信しています。

チャーリーのひとりごと

2023年4月6日　第1刷発行

著　者　　本岡英樹
発行人　　久保田貴幸

発行元　　株式会社 幻冬舎メディアコンサルティング
〒151-0051　東京都渋谷区千駄ヶ谷4-9-7
電話　03-5411-6440（編集）

発売元　　株式会社 幻冬舎
〒151-0051　東京都渋谷区千駄ヶ谷4-9-7
電話　03-5411-6222（営業）

印刷・製本　中央精版印刷株式会社
装　丁　　野口 萌

検印廃止

Printed in Japan
ISBN 978-4-344-94268-4 C0095
幻冬舎メディアコンサルティングＨＰ
https://www.gentosha-mc.com/